GOBOOKS
& SITAK
GROUP©

GOBOOKS
& SITAK
GROUP©

三日月書版

三日月書版

輕世
FW11

# 姐姐是地球英雄，弟弟我是侵略者幹部 3

甚音 著

兔姬 繪

三日月書版

擁有校花等級的美貌，但是與排名全校第一的弟弟相反，是個傻乎乎的可愛大姐，總是快快樂樂地活著。而外表看似嬌弱的姚子賓，任誰也無法將小鎮上的英雄——繁星騎警和她聯想到一起。

姚子賢，十七歲，有夢想。

平日裡給人沉默冷淡的印象，更身具全校第一名榮銜，十八般武藝樣樣精通，品學兼優的外表之下卻隱藏著無人知曉的秘密。當他穿起黑色披風，戴上可怕面具，此刻他搖身一變，化身為邪惡侵略組織最詭計多端的首席智囊——厄影參謀。

## 冷夜元帥

邪惡侵略組織「黑暗星雲」的核心人物，效力於大魔王陛下，統籌著整個組織的運作發展，是黑暗星雲中最認真盡責的模範幹部。

性格冷酷，一絲不苟，以強勢的作風率領著黑暗星雲，即使屢屢受挫於繁星騎警，依舊百折不撓。然而在歷經無數次的失敗後，即使堅毅如冷夜元帥，也逐漸感到焦躁起來。

## 路怡千

姚家姐弟的青梅竹馬。女大十八變，過去在姚子賢記憶中那小男孩似的鄰居，如今已長得亭亭玉立，更是一純高中女籃隊長，在學校裡擁有廣大的男女粉絲。

雖然性格直率爽朗、有話直說，然而女孩兒家總有些祕密心思，尤其近來當小千開始意識到「他」的存在之後，更是難以把持住自己了。

# 姐姐是地球英雄，弟弟我是侵略者幹部

目錄

PRODUCTION

姐姐是地球英雄，弟弟我是侵略者幹部

# 黑暗星雲的恐怖耶誕節

01

「可惡的傢伙！」

隨著這聲慷慨激昂的大喝，毫不容情的鐵拳飛快朝著我的鼻尖逼來，我慌忙揮手大喊：「等等，這是誤會，妳聽我解……」

但是眼前對我揮拳之人，這位名為「繁星騎警」的美少女英雄人物，完全不打算給我辯解的機會。看她的神情，像是非要在此刻把我碎屍萬段不可。

究竟我是犯了什麼過錯，才會遭此下場？

鐵拳俐落地命中了心碎的我，周圍的世界彷彿失去重心一般瘋狂地旋轉著，我眼前的景象倏地碎裂，向著視野之外急速飛了出去。

匡砰！匡砰！匡匡匡匡……

夕陽西墜，暖融融的餘暉從天邊流瀉而下，為大地鋪上了一層金黃色的地毯。天空中無論是和煦的風或是飄浮的雲朵，都有些懶洋洋的，讓人跟著想睡了起來。

經過一天的辛勤疲憊後，大家腦海中第一件想到的事情，無非是找個能夠好好放鬆的地方，犒賞犒賞自己。下班的上班族，和放學的學生們，各自三三兩兩聚在一起，傳出愉悅的談話與笑聲。

啪咚！啪咚！皮鞋踩踏在人行道的石板上，發出規律又響亮的聲音，夕陽將我們的影子拖得好長。

「幻象隊長，這真的沒問題嗎？」

身旁的人轉過頭來，看向問話的我。雖然我知道現在打退堂鼓早已來不及了，但我依然希望可以做點什麼來表達我心裡的忐忑。

「學長你又來了，這種時候不要想太多，用力做下去就對了。事到如今，我們還有別的辦法嗎？」

「話是這麼說沒錯，可是……」

「反正船到橋頭自然直。」幻象隊長滿不在乎地說道。

「我怕是船到橋頭自然沉。」我酸溜溜地說。

他還是露出一副自信滿滿的表情，拍了拍胸脯保證：「我們要相信萬智博士製造出來的怪人啊，厄影參謀學長。」

我點了點頭，接著轉頭找尋撤退方向。

街上的行人仍舊不少，一純車站周邊的娛樂商業區日復一日吸引著學生、通勤族……等不同的客群，每一天都相當熱鬧繁華。

雖然一純鎮只是縱貫線上的一個小站，特快車不會在此停留，可是再怎麼說，車站也是小鎮對外聯繫的交通樞紐，由此向外延伸的街道上，自然而然地聚集了許多店舖。比起近年來與起的一純百貨公司，或是車水馬龍的商店街，這裡的店鋪洋溢著古老的人情味跟濃濃的懷舊氣息。

而車站正前方的一純電影院，擁有超過五十年的悠久歷史，見證了小鎮由無至有的興旺歷程，至今依然屹立。

只不過近年來，受到鎮內新開張的商店街跟一純百貨公司影響，如今人潮不再，昔時站前的繁榮景象早已不復見，比起曾經停留在泛黃相片裡的珍貴回憶，現在的光景變得蕭條許多。

然而，電影院的老闆對電影擁有非比尋常的熱忱，不管面臨什麼樣的困境，他都不打算放棄。

為了再度招攬客群，並且吸引鎮民們的注意，電影院老闆對外宣布，打算善加利用「一純鎮獨有的兩樣土特產」，發起一場宏大的計畫，並且沒日沒夜地進行鋪天蓋地式宣傳。

現在，一純電影院正門口最顯眼的大招牌，畫著當季強打電影的彩色廣告。

這就是電影院老闆為了讓自家店鋪起死回生，所使出來的「奇招」，而這項「奇招」，也是我們為什麼會身在此處的原因。

「他們居然敢在電影院裡頭播放那種東西？簡直是在向我們挑釁！」幻象隊長沉聲說道，用力地折著自己的指關節。

我苦笑了一下。

「準備好大幹一場了嗎，學長？」幻象隊長學著電影裡頭的臺詞，瀟灑地說道。

「呃……準備是準備好了，只不過，幻象隊長，你看起來好像一點都不會緊張耶！」

「你在說什麼呀，學長！這次是黑暗星雲首度由幹部親自出馬執行任務，也是我們兩個第一次的侵略，這麼具有紀念價值的一件事，要是搞砸了怎麼辦！別看我這樣，其實我很不安的。」

「是嗎？我怎麼看不出來？」

幻象隊長無奈地搖頭嘆氣：「哎呀，學長，那都是你的錯覺。其實我本人既含蓄又內向，實在不適合當壞人。」

幻象隊長說完，以完全不符合含蓄內向的姿勢，毫不客氣地走向電影院。

電影院的第一道關卡很快出現眼前——門口的售票亭。

幻象隊長一副胸有成竹的模樣。

「一切看我的！」

我們走近售票亭，可是奇怪，裡面怎麼好像毫無反應？

啊！仔細一看，因為沒什麼客人上門，負責賣票的老闆娘竟然直接坐在票亭裡頭打起瞌睡了……現在不是打瞌睡的時候啊，歐巴桑！

「喂，歐巴桑！醒來啊！」

幻象隊長以凶惡的口氣說道，用力地拍打售票亭的窗口。

「唔，啊啊？」被吵醒的老闆娘抬起頭，沒想到竟以更加凶狠的語氣高分貝破口大罵。

「謀看到恁祖罵得睏是謀？門票一張五十摳，緊交出來啦！（沒看到你祖母在睡是不是？門票一張五十塊，快交出來啦！）」

幻象隊長趕緊把口袋裡的錢包掏了出來。

「嗚喔！對、對不起。學長，你有沒有五十塊？」

過了一會兒，他把錢包往地上一摔，「喂喂！不對吧，老闆娘，妳不要睡糊塗了好嗎？」

聽見了幻象隊長暴跳如雷的怒吼，老闆娘總算從半夢半醒中清醒了過來，雖然嘴角邊還滴著口水。

「又怎麼了呀，啊客人你不是要看電影嗎……所以說門票是……客人？呀啊！」

後面的那一聲高喊是堪比刮黑板的尖叫。

她一定是看見幻象隊長背後站著的「那些傢伙」了吧。

老闆娘臉色發青，慌慌張張地從椅子上摔了下來。雖然她想立刻奪門而出，可是情急之下，怎麼也打不開售票亭的門鎖。

我慢悠悠地走到票亭門邊，將門徹底堵死，逃不出去的老闆娘面如死灰。

「怪怪怪怪怪怪……有怪人！」

老闆娘拚命尖叫著，好像覺得跟幻象隊長之間的距離越遠越好，不停倚在牆邊瘋狂扭動，

「是怪人，救命呀！」

「不要再叫啦，吵死了！」

老闆娘超高分貝的叫聲，讓幻象隊長不得不摀住自己的耳朵。

「是『黑暗星雲』！黑暗星雲呀！」

黑暗星雲！

當這個名字從老闆娘的嘴裡說出，街上的行人不約而同地豎起耳朵，一齊朝著電影院門口望了過來。下一秒，他們發出了最驚慌恐懼的尖叫，活像是見了獅子的綿羊似地拔腿逃跑。

「哇啊啊啊啊啊——」

原本熱鬧喧騰的街上，頓時散得一乾二淨，地上留著一只鐵罐頭在輕快旋轉著。

可憐的老闆娘，由於被困在售票亭裡頭無法逃出，只能瑟縮地看著我們。

「嘿嘿嘿嘿，情況好像逆轉了耶！」

有了怪人在背後撐腰，幻象隊長好像連脊背都挺直了一點。

「哇哈哈哈哈，學長，這種感覺其實還挺爽的耶！」幻象隊長非常有反派架式地扠腰仰天大笑，接著挖挖耳朵，目中無人地說道：「喂！歐巴桑，既然知道了我們的身分，接下來不用我再多說了吧？從現在開始，一純電影院正式被我們黑暗星雲侵略啦！哇哈哈哈！」

「拜、拜託不要傷害我！」

「哼，誰會對妳這種老太婆有興趣啊，我才懶得對妳怎樣咧！但首先……喂！等一下，老闆娘妳好像還沒有事情沒有處理喔！」

老闆娘苦著一張臉，放下了偷偷伸到背後轉門把的手。

「還……還有什麼事啊大爺？」

幻象隊長掏出一張紙鈔。

「妳剛剛不是說門票一張五十嗎？」幻象隊長說道：「喏，我要買兩張票。」

「啊？你們要付錢？」

「咦，我們要付錢？」

前一句是老闆娘問的，後一句話是我說的。

「從來沒聽過侵略組織會乖乖付門票錢的呀！」老闆娘驚奇得不禁脫口而出這句話。

幻象隊長生氣得直跳腳。

「什麼，妳、妳不要看不起我們黑暗星雲呀！就算我們是侵略組織也是有尊嚴的好嗎？」

幻象隊長咄咄逼人地直問：「妳有聽過我們逃漏稅嗎？妳有聽過我們賣黑心商品嗎？妳有聽過我們占人家小便宜嗎？都沒有嘛！是不是？」

「呃，好像是這樣沒錯……」

咦！什麼？黑暗星雲何時申請了營業登記？我吃驚地想。

「我們是非常講究良心的優質企業！」

「明白明白！」老闆娘點頭如搗蒜，臉上的表情卻完全不是那麼一回事。

「可惡！妳根本就不相信！」幻象隊長朝著老闆娘撲了過去，可是卻撞上了票亭的鐵欄杆。

「咕哇！」

哎呀，糟糕，幻象隊長暈倒在地上了。

我只好接口說：「既然我們付錢了，那可以進去了吧？」

「是、是……你們請、你們請。」老闆娘小心翼翼地說道，深怕觸怒我們。

我聳了聳肩，彎下腰搖醒幻象隊長。

「嗯？什麼事？讓我多睡個五分鐘……」

「你睡昏頭啦，幻象隊長，醒一醒，現在我們該進行侵略了。」

「咦！啊，喔，原來現在是工作時間，我想要放假……」幻象隊長揉著眼睛，像個疲憊的上班族般抱怨。

你這打工的還不夠閒嗎？

「唉，沒辦法。那麼，接下來……」他嘶吼：「怪人們！給我徹底侵略這間電影院，殺它個片甲不留！」

一聲令下，幻象隊長身後的那些傢伙一齊發出了「喔」的一聲大喊，歡天喜地地衝進走廊。

幻象隊長對我撇了撇嘴：「你看吧，學長，我就說交給我準沒錯。沒想到其實還挺輕鬆的咧！」

我已經無話可說了。

「看來你還真是有當壞人的天分啊。」

「是、是這樣的嗎？哎呀，我覺得這一定是學長你平時教得好。看來我在黑暗星雲裡終於有所成長了。」幻象隊長感嘆地說。

「你高興就好。」我無奈地搖搖頭。

不過幻象隊長還是一副喜孜孜的模樣，我推了推他的背後，催促著說道：「算了，反正總算是順利進行了第一步，時間有限，我們趕快進去吧！」

「沒錯，這次是個好機會，一定要讓天智魔女那個臭婆娘對我們刮目相看！」幻象隊長義憤填膺地握起拳頭，「明明是新加入的晚輩卻表現得那麼囂張！可不要讓她以為我們之中都沒有人才了，我們才是真正的黑暗星雲！」

我點了點頭，和幻象隊長一起走進了電影院中。

黑暗星雲，凡是住在一純鎮的居民，沒有一個人不知道它的名字。這個看似平凡無奇、民風純樸的一純鎮，不知因何來由，不知為何緣故，竟然成為了神祕組織的侵略目標。

其名稱容易讓人搞不清楚內涵究竟為何的這個組織，絕不是什麼取向健康的康樂聯誼會團體，黑暗星雲這個名字，是讓頑皮的小孩聽了後停止哭鬧、勇敢的大人聽了後瑟縮發抖、垂死的老人聽了後驚訝得從病床上跳起的邪惡侵略組織。

最邪．最惡．侵．略．組．織！

無所不用其極，誓言以黑暗狂潮將一純鎮徹底洗掠一空。

同時也是一純鎮上的兩大土特產之一。

而另外一項土特產，自然也跟黑暗星雲密切相關。

關於黑暗星雲的話題就暫時說到這裡，此時最重要的事並非詳細介紹我們所處的團體，而是該拉回視角，關心眼前的事。

真是冷得讓人骨髓都要結凍起來了啊！

我們迫不及待地想離開這條堪稱大寒冰地獄的走廊。

「天啊，真是有夠辛苦，學長，沒想到我們也淪落到這種地步了。」幻象隊長一面搓著手臂一面對著我說：「過去我們只要躲得遠遠地監視怪人就好，現在居然連自己都要跳下來執行侵略計畫，這一切都要怪那個新上任的天智魔女。」

「你抱怨也沒有用，我們還是乖乖把任務完成吧！」

幻象隊長別過頭去，可是嘴裡依然在碎碎念。

我一邊走一邊說：「不要忘記，我們只剩下這最後一次的機會，萬智博士只能再提供一次侵略用的怪人，萬一這次再繳不出什麼成果，我想天智魔女一定不會放過這個打擊我們的機會，到時候我們就真的不能翻身了。」

「安啦安啦，萬智博士的能力比那個天智魔女強上好幾百倍呢！」幻象隊長拍了拍我的肩膀說：「學長你就是太多慮了，我們還是先逃離這個跟北極沒什麼兩樣的地方吧！我都快被冷死了。」

我點點頭。

因為電影院老闆小氣地節約暖氣，加上外頭十二月的冷風透過了不怎麼緊實的牆壁，不斷地滲進走廊，我和幻象隊長宛如遠征南極的冒險家般，必須堅強地抵禦酷寒，一邊前進一邊發顫。

雖然有段時間我不禁興起乾脆放棄任務、離開算了的念頭，但我們還是堅持到了最後，總算抵達飲料部跟休息大廳。

也對，電影廳裡總不可能一直都那麼冷嘛，除非是為了趁此良機推銷冬季的溫熱飲品……等等，旁邊牆壁上貼著的熱可可價目表是怎麼回事，價錢比外面還要貴上好幾倍啊！

「這些奸商！」幻象隊長忍不住義憤填膺，「只會壓低員工薪水，然後賣又貴又難吃的東西給客人。」

「你怎麼這麼生氣？」

「啊就去年在這裡打工，只是偷吃一點點爆米花，老闆都要跟我們斤斤計較！」幻象隊長越想越氣，於是喝令怪人：「怪人們，給我拆了它！」

怪人們一擁而上，幻象拉著我，躲進了最近的影廳。

喔！喔！一踏進影廳，溫和的暖風撲著我們的臉頰，立刻令我們如獲新生，這裡簡直就是天堂。

「好熱喔，為什麼影廳裡頭反而這麼熱？」

「一定是為了要再賣冷飲，這些商人最愛搞這種手法剝顧客兩層皮了。」

「是嗎，那我再出去買一杯飲料……」幻象隊長轉身走到了一半，卻又折返回來，「不對啦學長，我們是來辦正經事的，趕快開始侵略！」

幻象隊長隨即毫不猶豫地走向前去。

「哎唷！」我急忙跟上，卻撞上了幻象隊長的背後，「幻象隊長，你幹嘛突然停下來啊？」

「噓，學長……別出聲。」

幻象隊長的聲音忽然變了個樣子，隱隱然有些震怒，我不禁覺得非常奇怪。

電影已經開演很久了，四周黑漆漆的，旋繞著轟隆轟隆的聲響，正當我的眼睛逐漸適應環境之時，條然變換的光亮卻刺痛了我的眼睛。

我瞇著眼，好不容易才看清楚影廳內的模樣，這一看，真是非同小可。

在我們前面，昏暗燈光籠罩十幾排猩紅座椅，大螢幕上的男女主角正神色淒涼地抱在一起，原來是部浪漫愛情片，正播到最精彩的片段。難怪放眼望去，廳裡都是一對對情侶，正在那邊你儂我儂，氣氛像巧克力糖般甜蜜蜜。我數了數，幾乎找不到任何落單的人。

「啊！這部片子我看過！」幻象隊長指著影片大聲地說道：「女主角是男主角的妹妹！最後死掉了沒有在一起！」

因為講得太大聲了，所有客人幾乎在同時間抓狂了起來，「是哪來的白目亂爆雷呀？」甚至還有一個意圖在女友面前逞英雄的傢伙從椅子上跳起，一把揪住幻象隊長的衣領，「你這混蛋，竟然敢破壞我跟哈尼兩人的甜蜜約會，看老子怎樣修理你！」

「哦，是嗎？有膽量就來呀！」

男子聽了幻象隊長的嘲弄，氣得七竅生煙，可是不到一秒間，他原先的那股氣勢便消散得無影無蹤。

從幻象隊長身後，突然探出好幾隻黃色的怪人。

「這……這些是什麼怪物？」

「沒禮貌，居然叫我們怪物！」黃色怪人生氣地說：「我們哪是怪物，我們是黑暗星雲的『黃色小鴨』怪人，除了怪人還兼吉祥物，你好好記住了！」然後一抬手就把那個倒楣的男人給扔了出去。

「黑、黑黑黑黑黑暗星雲？」

頓時，影廳裡騷動起來。

「怎麼啦？還有哪個不要命的傢伙想要耍威風嗎？」

幻象隊長得意洋洋地笑著，忽然神色變得無比猙獰，忿忿不平地大吼：「好好的年輕人，一不用功讀書、二不認真工作，整天只想著談戀愛，每個傢伙都這麼卿卿我我，是想閃死誰啊？黃色小鴨們，看哪些傢伙黏最緊的，給我第一個抄了他們！」

三隻黃色小鴨怪人發出一陣怪吼，朝著廳內眾人撲去。

情侶們紛紛發出尖叫。

「救命啊！是怪人，快逃啊！」

「等一下，不要拋下我啊！」

「走開，不要擋老娘的路！」

俗話說：「夫妻本是同林鳥，大難來時各自飛。」這句話著實令人感嘆，因為我們眼前上演的，正是一幅堪稱人間慘劇的景象。情侶們再也顧不得平常的恩愛，只管爭先恐後地衝向逃生門，而最先向幻象隊長嗆聲的傢伙所帶來的女伴，也扔下了被黃色小鴨痛毆的淒慘男友不管，一溜煙地跑得比誰都快。

「哼！看吧，我就說女生不可信，平時愛來愛去話都說得那麼好聽，一旦發生了問題還不是跑第一！」

此時，幻象隊長拿出了不知道從哪裡帶進來的炸雞排，津津有味地開始吃了起來。

雞排的香味飄散得到處都是，那些被小鴨打倒在地的客人們此起彼落地發出哀號，「你……你真是太缺德了，居然在電影院裡面吃雞排！」

幻象隊長面不改色，繼續大口啃著三角骨。

「哈哈哈哈哈哈～活該，你們活該，有女朋友的傢伙統統都活～該～」幻象隊長開懷地大笑，「學長你不覺得嗎？這幅景象真的比什麼電影都還好看。」

「我說，你這副模樣還真的像是個反派咧。」

「你說什麼啊，學長，我們不就是正港的邪惡侵略組織嗎？」

「……你這麼說也對。」

「搞不好我正在發掘出自己當壞人的天分哩！」幻象隊長嘴裡嚼著雞排，含糊不清又得意地說，接著抬頭問我：「學長，要不要來一點？」

我看著只剩下骨頭的香雞排，沉默地搖了搖頭。

「真可惜，這比電影院賣的爆米花好吃太多了。」

這時候，黃色小鴨們像秋風掃落葉似地將廳內的侵略活動告一個段落，讓人不得不讚嘆他們的辦事效率。

不管是電影螢幕、座椅還是牆壁上，都被他們無情地用鐵樂士噴上了五顏六色，像小孩子畫的塗鴉，而爆米花、汽水什麼的，則是在地毯或椅子上被到處亂撒，製造出讓店員恨不得去自殺的超難洗汙垢。

完成任務的怪人們，就像完成了作品的藝術家，毫不留戀地離開了現場，只剩下一個個慘遭一頓好打的倒楣鬼躺在地上，奄奄一息，不斷抽搐。

幻象隊長吃完了零嘴，順手把垃圾朝著某個倒楣鬼身上一扔。

「好啦，差不多啦，學長，我們該去看看外頭的進度了。」

「走吧。」我點點頭表示同意。

要走之前，我再次瞄了仍在放映中的電影一眼，大銀幕被塗得亂七八糟，可是仍然能依稀看見人影在上面晃動。

那名身為妹妹的女主角最後死了嗎？

我聳了聳肩，唉，雖然覺得有些遺憾，但是我更難過的是，大多數人都不瞭解這世界上最高的真理，真是可惜啊！

比起妹妹，姐姐不才是真正的王道嗎？

而領略了這項道理的我，則是感受到有如孤身行走在廣袤沙漠中的寂寞。

離開了影廳，我們轉向外頭的休息大廳與販賣部。

確保了影廳的侵略行動完成，我和幻象隊長來到外頭區域，而先前留在此處的黃色小鴨怪人，似乎也好好地完成了他們的工作。

這個鋪滿豔紅地毯、裝飾著黑色壁紙的廣場，不但是客人們排隊等候進場看電影的所在，同時也被電影院拿來販售自製的飲料與食物，透過與其價格完全不相稱的品質，牟取大量暴利。

當然現在這裡早就人去樓空，看不見老是把爆米花分量東扣西減、拿中杯裝成是大杯汽水的小吃部員工，唯有黃色小鴨們像螞蟻般辛勤地破壞著儲藏設備。

畢竟是宣傳強檔熱映影片的最重要場所，牆上貼滿各式海報，周圍也擺放著造勢用的厚紙板立牌，一些格外引人注意的東西映入了我們眼簾。

幻象隊長指著牆壁上大大的宣傳劇照對我說：「學長你看，這就是最近要上映的影片海報。」

海報周圍，畫滿了好幾隻穿著奇形怪狀橡膠衣裝的怪物，擺出滑稽可笑的姿勢，而占據在正中央位置的，則是一位前任玉女派女星，臉上戴著一副威尼斯節慶時會出現的仕女面具，一頭深黑色的及肩長髮，搭配身上穿著的紅白兩色相間、有如女子高中生水手服般的衣著款式，以及稍微有些蓬蓬的燈籠襪，擺出無比撩人的姿勢。

海報最上方，大大地寫上了這部影片的名稱——銀河騎警。

雖然叫做銀河騎警，但女主角打扮的模樣，卻讓我們十分地熟悉……

「這分明是抄襲我們一純鎮『繁星騎警』的作品嘛！」

「沒錯，看這個造型，簡直一模一樣，果然是繁星騎警。」

我喃喃念出了這個令人在意不已的名字。

——除了黑暗星雲以外，平凡小鎮一純鎮的另外一項土特產！

繁星騎警！

就像一純鎮莫名其妙地遭受到邪惡組織黑暗星雲的侵略一般，同樣地也出現了一名不知道從哪裡來的神祕假面英雄「繁星騎警」，屢屢擊潰黑暗星雲派出的侵略怪人。如今只要聽到這個名字，凡是黑暗星雲的成員，無不恨得牙癢癢。

這名神祕的女英雄與黑暗星雲，兩者就像雙生的光影，互不相讓，勢如水火般地展開了長期對峙。

對於一純鎮的居民來說，繁星騎警不只是屢次擊破黑暗星雲邪惡計畫的守護者，更是代表了光明與希望的小鎮英雄。

鎮上不但組織了無數崇拜者的團體，更有人拚了命地想調查出繁星騎警的背景與身分。

只不過，至今仍然沒有人知曉繁星騎警的真面目，除了少數人……

我將視線轉回海報之上，咋舌道：「這部片子未免抄襲得太明顯了吧！」

「所以說，這些怪人之中，很可能有我囉？我找找在那裡，像本大爺這樣玉樹臨風、英俊瀟灑的存在，一定是找個帥得不得了的傢伙飾演吧，嗯～讓我仔細看看。」

幻象隊長的視線不斷掃向海報中間看起來最年輕的男演員身上，可是醒醒吧，那個傢伙怎麼看都是男主角，絕對不可能飾演幻象隊長的角色。

「啊～受不了，每個傢伙看起來都是一副蠢呆樣，根本無法表現出我的風流倜儻！」

「該生氣的點不是這個吧！」我感到無可奈何地說：「居然利用小鎮英雄來牟利。」

原來這就是電影院老闆用來大撈一筆的祕密武器了，以近年來小鎮居民們對繁星騎警的崇拜程度，一定會心甘情願地掏錢進電影院來看這齣戲吧！

越是看著這幅海報……我的拳頭不由自主地緊握起來，胸口升起無比亢奮的熊熊烈焰。

「太可惡了，真是不可原諒！」我憤慨地說。

翻拍自繁星騎警的系列電影海報，我居然沒有第一時間就收藏到！

「學長，沒想到你會因為繁星騎警被拍成電影而這麼生氣，真不愧是黑暗星雲的表率。」

幻象隊長滿臉崇拜地對我說。

「欸？這是……」

幻象隊長的語氣中帶著濃濃的妒意說：「就是說嘛！真的要拍電影的話，當然應該是改編黑暗星雲的故事，這樣才比較有意思啊！哇啊，說不定，我也能夠當個主角看看呢！」

咦咦，幻象隊長，你是不是誤解了什麼？

不過，他依然自顧自地沉浸在幻想之中：「嗚呼、嗚哈哈哈，要是我成了大明星，呼呼嘿嘿，一定有很多女孩子投懷送抱～」

「幻、幻象隊長，你清醒一點！」

然而幻象隊長陷入了虛幻的白日夢境，完全不可自拔，站在那裡呵呵傻笑，正當我愁得不知該如何是好之際，啪擦！突然之間，這張海報被一旁走來的黃色小鴨撕了下來。

「哇啊，你做什麼？」

陡然恢復清醒的幻象隊長嚇了一跳。

「老子還在回味著當大明星的滋味耶！」

「喂喂，你不要遷怒小鴨啊，不要忘了這是他的工作。」我連忙架住氣得要踹無辜小鴨的幻象隊長。

挨罵的小鴨露出楚楚可憐的神色。

「嗚嗚，長官，對不起……」

幻象隊長的態度頓時軟化下來，溫聲安慰著小鴨，「唔……算了，沒事了啦。好啦，你不要傷心了，剛剛是我不好，我不應該罵你的。好囉，沒事沒事，小鴨你最乖了，繼續去破壞吧！」

小鴨這才破涕為笑，回去破壞廣場上的設施。

幻象隊長一邊傻笑，一邊揮手目送小鴨，等到小鴨離開，他才像是突然清醒一般，打了個好大的哆嗦。

「嗚哇，我剛剛是怎麼了？」

「看來這些黃色小鴨怪人可不能小覷呢，不但力大無窮，可愛的外表還能魅惑敵人的心。沒想到萬智博士這次研發出來的成果，戰鬥力還挺高的。」我說，「不過幻象啊，剛剛你也被敵人海報吸引得太入迷了。」

「呼……呼……沒錯，多虧了學長，我現在完全清醒了！怎麼可以被敵人蠱惑！」幻象隊長拍了拍自己的臉頰說。

「咦，咦，啊！對！」雖然幻象隊長完全猜錯了我內心真正的想法，但我也順水推舟，「沒錯，正是如此。」

「被繁星騎警膚淺的外貌迷得暈頭轉向的我，真是感到可恥，我何時才能像學長一樣充滿無比定力呢？」

「你太苛責自己了，這世上誰能不為她的美貌所動？」我拍拍幻象隊長的肩膀，「只要不再重蹈覆轍就好。」

幻象隊長因為我的安慰感動得在一旁拭淚。

話雖如此，我卻趁著誰也沒注意的時候，偷偷撿起了海報。儘管它在我手中被揉成了皺皺一團，不過這可是繁星騎警的周邊產品，我一定要帶回家好好收藏。

「得好好慶祝初次躍上大銀幕的時刻。」我小小聲地念道。

「學長，我們趕快繼續破壞吧！」幻象隊長此刻興奮地指向陳列在玻璃櫃裡的其他周邊商品：「我絕對不會再任由仇敵為所欲為了，可惡的繁星騎警，憑什麼只有她可以被當成電影主角大受歡迎？」

砰！砰！幻象隊長毫不留情地又踢又踹，迅速弄倒了一整排的電影周邊陳列櫃。

天、天啊，那件繡有微笑的繁星騎警的T恤、那只銀河閃電流星飛踢紀念造型的馬克杯，還有無數的掛軸、相片，全都是讓我想帶回家收藏的珍品呀！

看著它們一一在幻象隊長與怪人們無情的摧殘下化為碎片，我的心在淌血。

「啊、啊呀，那個……」

我心痛地伸手想要阻止他。

「咦，怎麼了嗎，學長？」

「不……沒什麼，你繼續吧！」

我愁眉苦臉地望著滿地散亂的商品殘骸，捂著眼不忍直視他們繼續肆虐。

「呼～呼～真過癮！」幻象隊長舒暢地抹了抹額上的汗，「哎呀，不好意思，我一興奮起來就把東西全破壞光了，這下學長沒有表現的機會了，真糟糕！」

「啊，那個，我沒關係的，不用顧慮我。」我連忙搖搖手說道。

「這怎麼行？大家都知道學長是黑暗星雲的中流砥柱兼最佳楷模，可說是跟繁星騎警最勢不兩立的代表，每個幹部都知道，要是學長失去了這次打擊繁星騎警氣燄的舞臺，那就太可惜了。」

幻象隊長左顧右盼，尋找還有什麼沒被破壞的東西（也就是說，還有什麼尚未落入他們魔掌之中），接著，他像是發現了什麼，不住地推著我的後背。

「學長你看，那裡還有一具跟真人等比例的蠟像耶，哇，做得超逼真的！」

咦？怎麼會？在廣場的一片狼藉之中，居然真的有一尊真人等比大小的雕像好端端地站在哪裡，剛剛幻象隊長他們怎麼沒注意到呢？不管怎麼樣，看來這應該是唯一一個還沒遭到他們摧殘的宣傳商品了吧。

「學長，這可是讓你一解平時被繁星騎警欺壓怨氣的好機會，這尊蠟像就留給你了，盡情地搗爛它吧！」

「這……不必啦，怎麼好意思……」

可是，一看見幻象隊長眼中散發的那種期盼又敬慕的光芒，我實在沒辦法再找理由推拒了，只好硬著頭皮向前。

「那麼，我要上囉！」

「請！」

我看著那尊蠟像，天啊，實在做得太維妙維肖了！那烏黑秀麗的髮絲、玲瓏有致的身材、白皙剔透的肌膚……不知道是不是我的幻覺，仔細一嗅，彷彿還能聞到那讓人迷醉的體香。

這已經跟真人沒有什麼區別了吧！

蠟像露出一副訝異的神色瞪視著我……被這麼一看，我彷彿有種真的遭到注視的感覺。

可是，要我動手摧毀繁星騎警的塑像，我怎麼忍心下得了手？

「學長，你還在等什麼呀？」幻象隊長在後方催促道，「快像港漫一樣把它轟殺成灰吧！」

「欸，再等一下……」

我認真地看著這尊蠟像，想要把它最後的姿態深深烙印在腦海裡。

「我明白了，學長你一定是在集氣對吧！就像少年漫畫那個樣子，嗯嗯～集氣，然後，轟轟～匡啷～嘩啦～最後就乒乒～乓乓～」

幻象隊長發出一大堆毫無意義的狀聲詞，強烈地干擾我的情緒。

「對、對，我就是在集氣，不要干擾我……好了，我要出招囉！」

再不快點，黃色小鴨怪人就要過來了，與其讓它損毀在黑暗星雲怪人的手下，還不如讓我來終結它。

我忍痛閉上眼，死命地催眠自己：「這不是繁星騎警，這不是繁星騎警，這只是那個名叫銀河騎警的仿冒品！」

迅速伸掌朝它胸口一推，並且拚命在心裡面喊叫著：「原諒我！」

出乎意料地，我這一推居然沒有把蠟像擊倒，它依然穩穩地立在那裡。

這東西做得還真是穩固呀！而且，這到底是什麼材質？手上的觸感一點都不堅硬，難道是矽膠？但是彷彿又比矽膠更柔軟一點。

向前推出去的手掌觸碰到了意想不到的軟綿綿物體，下意識地縮手一抓，結果蠟像居然輕呼出聲。

哇啊！多麼先進的塑像科技，居然還配備了聲音效果。

欸？不對！

我像被閃電擊中般吃驚地叫喊出來，同時睜開眼睛。

這根本不是蠟像，這是本人！

「繁、繁星騎警？」

貨真價實的繁星騎警此刻就站在我的眼前，漲紅著臉，看著伸手抓住她胸口的我。

「你你你你你——」繁星騎警俏臉通紅，氣急敗壞地大喊：「你真是太可惡了！」

「我我我我我……」

「上一次在一純高中的戰鬥裡放我鴿子，這一次一見面，居然馬上摸人家胸部，虧我還對你這麼……王八蛋！我、我真是看錯你啦！」

嗚哇！繁星騎警神色大變，我嚇得急忙縮手，然而她已經舉起粉拳……不，那絕對不能說是少女柔弱的粉拳，這雙拳頭曾經把無數怪人像打麵團一樣揍得稀巴爛，而它現在正以完全無法閃避的速度朝著我的臉頰飛來。

「等等，這是誤會，妳聽我解……」

妳聽我解釋……

匡砰！

嗯～四周圍好暗啊，烏漆抹黑的，有誰關了燈嗎？咦，怎麼天上出現了好多的星星，夜晚來得好快呀，真不愧是冬天……欸！不對吧！我怎麼有種整個人飄起來的感覺？

等到我終於重新恢復意識時，才發現原來自己已在半空中飛了起來。

我聽見幻象隊長憤慨又焦急地大喊：「啊，可惡的繁星騎警，居然把學長打飛了，我要跟妳拚命！給我一起上啊，黃色小鴨怪人！」

七隻黃色小鴨怪人在幻象隊長的命令之下，一同朝著繁星騎警攻去。

沒想到，向來不將任何怪人放在眼裡的繁星騎警，竟在黃色小鴨怪人的攻勢下顯得左支右絀。

「啊、黑暗星雲的怪人，走開！不要過來……長這麼可愛，我怎麼打得下手啊？」

作為量產型的怪人，黃色小鴨沒有配備任何特殊的作戰武器，但是出乎意料地，對於身為女性的繁星騎警來說，小鴨可愛的外表似乎成了致命殺器。

雖然小鴨們只是靠著最簡單的方法和繁星騎警肉搏，可是繁星騎警卻捨不得對他們反擊，只能被動地防禦。

「走、走開！哎呀，不要過來啦～啊，毛茸茸～」

繁星騎警一瞬間露出被治癒的笑容，卻馬上清醒過來，模樣看來十分地困擾。

「不！我們不走！」其中一隻黃色小鴨怪人死命抱住繁星騎警的大腿，「我們一定要完成任務！大家快上啊！」

其他小鴨怪人一擁而上，使用翅膀與喙不停地撲打或輕啄繁星騎警，雖然沒有造成多大傷害，繁星騎警卻顯現出難得一見的狼狽樣。

「好耶！」幻象隊長高興地揮拳慶賀，「看來這次就是繁星騎警的死期啦！小鴨怪人們，加把勁啊！」

「我說，你們為什麼要這麼拚命啊？」繁星騎警慘叫著，纏在身上的黃色小鴨怪人怎麼樣也甩不開。

「我們要努力作戰！」黃色小鴨怪人大喊：「因為我們是以醜小鴨的概念為藍本製造出來的怪人，只要努力不放棄，總有一天，我們會變成天鵝！」

「美麗的天鵝！」小鴨怪人們一齊大喊。

黃色小鴨怪人是擁有超絕耐力與韌性的怪人，耐力與韌性，就是他們最強的武器。

「如果是這樣的話……你們是永遠都不可能變成天鵝的。」

「為什麼？」黃色小鴨怪人吃了一驚，「可惡的繁星騎警，妳不要說那些惡毒的話欺騙我們！」

「我沒有欺騙你們……啊，討厭啦，不要這樣黏著我，我是說……」繁星騎警大喊：「如果你們真的想變成天鵝，那是不可能的！醜小鴨故事裡面的小鴨最後能變成天鵝，是因為牠本來就是隻小天鵝啊！而你們是真正的小鴨子……長大以後，也只會變成大鴨子！」

黃色小鴨們震驚得停下動作，「她……她說的是真的嗎？」

他們面面相覷，流露出非常不可置信的表情。

「難道我們一直以來相信的，全都是大人欺騙我們的謊言嗎？」

「不！我不能接受！」

黃色小鴨們開始掩面哭泣。

見狀，幻象隊長慌慌張張地大喊：「等等等等等一下，你們不可以在這裡自爆啊，你們有七個人，要是爆炸起來……嗚哇！」

砰！

我的背後狠狠地撞上了某樣堅硬的東西，接下來，意識朝著黑暗的深淵緩緩沉沒。

之後事情究竟是如何發展，我再也無法得知了。

甚音

「看來，你們這次的侵略行動還是失敗了嗎？」

門一打開，從門內傳來的那道輕蔑冷淡的聲音，簡直比屋外的寒風還冰冷。

這裡是侵略組織「黑暗星雲」的祕密會議室。

許多人以為黑暗星雲的總部必定設在一處極為隱密的場所，其實並非如此，它就在老店舖街中，偽裝成一間早已荒廢的歌舞廳，藏木於林的高明手段使得它從未被任何人發現。

現在，正是例行性的幹部會議時間，若是按照往例，幾乎所有的侵略幹部都會參與會議，每個人都會戴上一副獨特的面具，用以遮掩自己的真實身分。

黑暗星雲是個崇尚隱私與隱密性的組織，你永遠也不會知道，路上那位向你友善地打著招呼的朋友，是不是就是侵略組織的一員。

面對尖銳的質疑，幻象隊長搔搔後腦勺，一副無可奈何的模樣回道：「也～不算是失敗啦，畢竟我們是真的有破壞到東西嘛！」

走入會議室的女子抽動著嘴角，什麼話也沒說，然而她的表情卻已把她內心想講的話全都說出來了。

「幹嘛這副表情？」

幻象隊長鼓起兩頰，狠狠瞪著一聲不吭的女子，然而對方卻毫不在意似地，逕自走到最上方的議事臺。

「我們開始開會吧。」女子全身包裹在漆黑的寬大風衣裡，臉上戴著有如威尼斯舞會時使用的面具，站得直挺挺地，簡短地開口：「第一次新生黑暗星雲幹部會報正式開始，我是本次會報主席——天智魔女。」

原本昏暗、幽藍的燈光，頓時轉換為適合閱讀的明亮光線。

在光線照明下，可以看清整座會議室的場景，一張圓桌占據了房間正中央，兩方人馬分列兩側，對面坐定四名男女。

這四人，乃是天智魔女最信賴的心腹……不，稱呼他們是「人」似乎有些不妥，因為他們乃是天智魔女運用高科技研製出來的人類形態怪人。

雖然在黑暗星雲的奧援之下，萬智博士也擁有打造怪人的技術，然而說到這跟人類相似度高達百分之九十九點九九以上的怪人，他坦承自己打造不出來。

若萬智博士所言不虛，這絕對是徹底領先地球至少一百年的生物科技力。

而我們所在的這一側，則是原本的黑暗星雲高級幹部群，可是同樣地只剩四個人而已，比起過去座無虛席的全盛時期，此刻的景況可說是非常淒涼。

「其他人都沒到呢，幹部會議要繼續進行嗎？」

坐在我左手邊的冷夜元帥舉起手問道。

看她一臉僵硬的神情，直勾勾地盯著前面，顯然是不想和天智魔女產生任何視線上的接觸。

「不是會議，是會報。」天智魔女高傲地糾正，「過去的幹部會議根本只是在浪費時間，你們這些庸人，就算坐在一起討論也不會有任何結果，如今改成各幹部向我回報任務事項就夠了。至於那些缺席的人，完全不必理會他們，我不需要對組織沒有熱忱跟忠誠的傢伙，就算剩下少數人，我也能維持組織運作——甚至只憑我一個人，也是如此。」

我右邊的幻象隊長暗暗把牙齒咬得格格作響，更右方的萬智博士則向他投以擔憂的眼神。

原本黑暗星雲中的幹部群遠遠不只這個數量，然而就在一個月以前，天智魔女在黑暗星雲的領袖——大魔王陛下的封賞下，獲得「最高執行官」的頭銜。

此後，她便以強硬到蠻橫的作風，雷厲風行地實行改革，立即造成諸多幹部們的反感，漸漸越來越少出席例行的幹部會議，以至於變成今天這副模樣，自然不令人意外。

換句話說，那些幹部是被天智魔女逼走的。

不過，即使如此，幻象隊長也沒有勇氣公然反抗她。

天智魔女的視線向我們掃了過來。

「由厄影參謀、幻象隊長帶領的『襲擊一純電影院計畫』，不但沒有獲得預期的成效，就連帶去的七員怪人也統統折損。」天智魔女回過頭說，「我已經說過了，這次的行動，是讓你們證明萬智博士旗下的怪人，和你們原有的系統可以獲得成效的最後一次機會，顯然你們沒能好好把握。」

冷夜元帥和幻象隊長同時不以為然地哼了一聲。

天智魔女揚了揚手，繼續說道：「然而另一方面，摩呼羅迦和迦樓羅攻擊公有停車場的行動，倒是得到了不少收穫。」

天智魔女彈了彈手指，憑空浮現了一道虛擬螢幕。即時的新聞畫面上，只見鎮中心的公有停車場不斷竄出沖天烈焰及濃濃黑煙，看來停在裡面的車輛全都逃不過燒燬的命運，損失難以估計。

看見這幅場景的我們全都驚訝得合不攏嘴。

「那是、那是因為我們運氣不好，剛好遇到了繁星騎警。正是因為我們拖住繁星騎警，你們才會進行得那麼順利好嗎？」幻象隊長逞強地說。

圓桌對面響起了令人極不愉快的陰沉笑聲，樣貌陰沉的摩呼羅迦不懷好意地道：「區區一個繁星騎警都能把你們打得抱頭鼠竄，你們還好意思把我跟你們這種貨色相提並論？是不是太過厚顏無恥了些呢，幹部大人？」

「你說什麼？」幻象隊長氣得拍桌大罵。

「摩呼羅迦，你這樣說太失禮了。」圓桌的另一邊同時傳來了喝斥聲。四人之中，穿得衣衫筆挺的西裝青年出口教訓摩呼羅迦，接著低頭向我們道歉，「抱歉，摩呼羅迦說話太不得體，請各位幹部見諒。」

我記得他的名字是緊那羅。

雖然緊那羅打了圓場，卻不能消除我們心中的不滿，因為緊那羅那平淡的語氣讓人完全感受不到任何誠意。

而且無論是摩呼羅迦、體格壯碩如軍人的迦樓羅，還是打扮得像個女子高中生心不在焉地玩著手機的乾闥婆，看上去都絲毫不像有悔悟的模樣。

被這麼一攪，會議室內的氣氛更為凝重，不過，在這劍拔弩張的氛圍中，天智魔女彷彿一點也沒受到我們的影響，揮一揮手，拉回所有人的注意。

「夠了，我們的大業還沒成功，我可不希望同屬一個組織的你們先內鬥起來。四名護衛，從今天起，希望你們能好好注意對待幹部的態度。」天智魔女嚴厲地喝斥。

既然天智魔女開口了，怪人們不再顯現出散漫的樣子，紛紛正經端坐起來，而我們也沒辦法再去深究。

親眼目睹她三兩下就搶回會議主導權的這一幕後，我不得不佩服天智魔女果然是有一番手腕的人物。

「雖然厄影參謀你們的任務看似無功而返，其實也對組織有所幫助。」天智魔女說：「你們所不知道的是，每一名怪人與繁星騎警對戰過後都會傳回一部分對手的資料。這世上沒有人是真正無敵的，只要蒐集足夠的資料，我就能徹底剖析繁星騎警的祕密，找出她的弱點。

「資訊乃是一切的基石，可悲的是這樣重要的工作，你們從前居然完全沒去做。不過不要緊，從現在起，我會運用各種戰術將過去的空白補齊。」

直到螢幕上接連閃過一道又一道的視窗，我們才赫然發現天智魔女早已在各方面做足周密的準備，而且很多細膩的部分，甚至是我們從未想像到的。

「抗議！」萬智博士舉起手，戰戰兢兢地說：「我們從以前就不斷在蒐集繁星騎警的資料了。」

天智魔女露出了狡猾的表情，「就在前幾天，我檢閱了黑暗星雲的資料庫，發現所有關於繁星騎警的數據都被毀損了，相信這點你一定完全不知道吧？」

「什麼？怎、怎麼會發生這種事？」萬智博士不可置信地張大了嘴。

「事實擺在眼前，由不得你不信。萬智博士，沒有控管好資料庫是你的疏失，為了懲罰你，這個星期結束以前上交一份檢討報告給我。」

萬智博士喪氣地垂下了頭。

我則是於心有愧地轉過了頭。

「好了，多餘的事就不要再提了，我們現在應該加緊擬定下一步的侵略計畫。」天智魔女擺一擺手說。

「有何高見？」就連向來對侵略計畫有著極大熱忱的冷夜元帥也意興闌珊，冷淡地說。

天智魔女瞥她一眼，「這一個月以來，我們以最密集的攻勢持續消耗繁星騎警的體力，到現在應該差不多了，接下來，我準備暫時停止侵略行動。」

她用力搥了一下議事臺，發出好大一聲巨響，「然而這不是終止！我們下一次的侵略，將會排在一純鎮民們最難以防備、繁星騎警也完全無法預料的時候。」

「真的會有那種時候嗎？」所有人都詫異地問道。

「當然有。」天智魔女一副胸有成竹的樣子，「哼哼……各位，不要忘了，再過不久，就是耶誕節了！」

「耶誕節！」

一時之間，會場中的所有人都瞪大了眼。

「耶誕節！噢，天啊，我都忘了！」萬智博士高興地歡呼起來，「今年我們要怎麼慶祝？要買多高的耶誕樹？大家想要交換什麼禮物啊？」

會議室裡的眾人同時朝他投以輕蔑的白眼。

「嘿嘿！這就是黑暗星雲的首席科學家？」摩呼羅迦不屑地笑道。

「拜託你，不要再被人瞧扁了。」冷夜元帥無奈地按住腦袋。

「噢……對不起嘛！」萬智博士難過地縮了回去。

天智魔女也用非常受不了的眼神瞪了萬智博士一眼，繼續解說下去：「沒錯，就是耶誕節。」

天智魔女興致高昂地說道：「耶誕節是大家最熱愛的節慶，這段期間，路上會充斥著無數沉溺在佳節氣氛中的愚蠢情侶，眾人被熱鬧愉快的氣氛感染，而疏於防備。他們一定想不到，今年黑暗星雲會把原本美妙的節日，化為他們一生中最慘痛的記憶。」

「好哇！」沒想到第一個叫好的居然是幻象隊長，「給那些可惡的情侶閃光彈一點教訓，我贊成！」

「幻象隊長，你居然……」冷夜元帥一臉不可置信地看著他。

「啊，學姐……不好意思，我一時被沖昏頭了，就……」

發現自己太得意忘形的幻象隊長慌張地搔著腦袋。

會議開始前，大家才一起說好共同發起不合作運動，抵制天智魔女，沒想到這個戰略聯盟還來不及收到成效，就一下子不攻自破。

冷夜元帥的表情活像被人從背後狠狠插了一刀，但她依舊試圖抗拒由天智魔女主導的會議節奏。

「等、等等……這件事難道不該讓大家有更多的討論空間嗎？」

「哦？不知冷夜元帥妳有什麼想法呢？」天智魔女偏過頭，「只不過，要是沒有實質的建議，最好就別浪費大家的時間了。」

「這……這……」

冷夜元帥支支吾吾。

雖然冷夜元帥的頭腦不差，可是遇上天智魔女這種層級的對手，仍舊是心有餘而力不足。

見她求救似地向我望來，我只好趕緊說道：「最高執行官，雖然妳的戰略構想很好，可是呢，耶誕節不管對誰來說，都是一個讓家人、朋友團聚，並且共同慶祝的日子，在這種時候發動侵略是不是有點太邪惡了呀？」

「是啊是啊，耶誕節應該讓小鎮居民喘口氣，好好慶祝一下嘛！這種時候發動侵略實在太邪惡了。」其他人紛紛贊同。

「你在說些什麼啊？」天智魔女難以置信地看著我，「不正是因為這樣，所以才要挑這種時候發動侵略嗎？搞清楚，我們是邪惡侵略組織啊！」

「咦！對吼！」

幻象隊長你不要繼續來亂了好嗎？

「哇喔，聽起來好像很好玩耶，人家也好想在耶誕節跟人來一場浪漫的約會喔！」乾闥婆天真地說。

「無聊，無聊又愚蠢！」摩呼羅迦狡猾地說，「嘿嘿嘿……當你們人類沉溺在愚蠢的愉快氣氛中時，看起來特別讓人想要破壞呀，你說是不是，迦樓羅？」

「哼！我沒有意見。」迦樓羅抱起雙臂，不置可否。

緊那羅則是一言不發，平靜地觀察著我們。

「節慶對人類而言有多麼重要，你們這些怪人是永遠不會理解的。」我說。

摩呼羅迦不以為然地撇了撇嘴。

「很好。」天智魔女勾起了嘴角，「不過，照這麼說來，難不成你們都已經預訂好要跟人一起過節了？是嗎，冷夜元帥？」

「這、這個，也許我有想要約的人啦……」冷夜元帥忽然羞紅著臉說，「不過，也只是也許而已唷！」

幹嘛刻意強調那個「也許」？冷夜元帥的話聽起來完全沒有說服力啊！

天智魔女翻了翻白眼，轉向另外兩人。

幻象隊長跟萬智博士卻也都面有難色地搖了搖頭。

「嗚嗚！要是真的有女孩子約我出去過節就好了。」

「我的預定行程只有觀看探索頻道的特別節目……」

「厄影參謀你呢？」

看來只剩下我能夠作為防線了。

「我已經跟人約好要一起過節了，抱歉。」

我本來很期待其他人會應聲附和我，沒想到冷夜元帥竟是一副比任何人都還震驚的樣子，甚至抓住了我的手臂。

「什麼，你已經決定好跟哪個女孩子一起過耶誕節了嗎？」

呃，我只不過是想和家人一起過節啦。

「嗯，是呀……不過，這不是重點吧？所以說，既然我們有人在那個時候……」

「我覺得，我們應該就在耶誕節期間出擊！」

「的確，正如冷夜元帥所說的，我們不該在耶誕節……呃，冷夜元帥，妳說什麼？」我失聲叫了起來。

「為了組織的大義，是時候拋棄兒女私情了，厄影參謀，難道你覺得約會比侵略計畫更加重要嗎？」

「當、當然不是這樣，可是……」冷夜元帥態度丕變，令我頓時不知所措，「可是，妳剛剛不也說妳有想約的人嗎？」

「不約了，不重要了！我決定以大局為重！」

冷夜元帥手握成拳，一副正氣凜然的樣子，可是我卻隱約聽到她顫抖的嘴唇間喃喃念著諸如「是哪個混蛋狐狸精」、「難道是她……不，難道其實是她」、「我得不到的，別人也別想得到」之類奇怪的自言自語。

天智魔女輕蔑地看著我們：「那麼，大家都沒有異議了吧？今年的耶誕節期間，就是我們一舉勝利的最好時機，我們要讓一純鎮今年的耶誕節充滿了恐怖！」

「唷喔！」眾人響起歡呼。

天智魔女滿意點了點頭，「那麼，我考慮過後，會再宣布具體的侵略時間。迦樓羅！」

「屬下在。」高大威武的迦樓羅，只有在天智魔女呼喚他的時候才會顯得精神奕奕，平時都是一副沉默寡言的模樣。

「繁星騎警不是普通的敵人，普通的怪人是應付不來的，因此，這次的任務就交給你了。」

「居然要讓四護衛層級的怪人提槍上陣？」

而且還是派遣號稱四怪人中武鬥第一的迦樓羅親自出馬？

坐在圓桌對側的我們，個個都驚訝萬分。看來耶誕夜當晚的行動，天智魔女是志在必得。

迦樓羅意氣風發地拍拍自己的胸脯，「我早就想會會她了，請放心交給我吧，天智魔女大人！我一定不會讓您失望。」

「很好，那麼，今天的會議到此為止。散會。」

會議結束後，我們這些原幹部選擇了和怪人們完全相反的通道離開會場，這也是為了避開天智魔女。

除了她的四名護衛以外，天智魔女在黑暗星雲中沒有任何一個朋友，因為每個人都對她又懼又怒，敬而遠之。

「真是的，那個臭老太婆，憑什麼在會議上面頤、頤、頤什麼使的？」踏出了會議室後，幻象隊長馬上忿忿不平地說。

「是頤指氣使吧！」我環顧著四周說：「小心，你別喊得那麼大聲，要是隔牆有耳怎麼辦？」

「哼！我才不怕。誰、誰會怕那樣的傢伙啊？」

幻象隊長雖然這麼說著，肩膀卻不經意地縮了起來，急切地左右張望，一副深怕天智魔女突然從哪個角落蹦出來的模樣。

好在這樣的事情並沒有發生，看來黑暗星雲內的隔音設備還是挺不錯的。

「其實，說不定她並不是那麼壞的人，幻象，你何不試著改變一下對她的觀感呢？」認識天智魔女最久的萬智博士摸摸自己的鬍子，若有所思地說著。

天智魔女過去與萬智博士在同一個研究所，是學長學妹關係，而最初，天智魔女也確實是追著萬智博士的腳步來到這裡，只不過，她的才華遠遠不是萬智博士所追得上的就是。

「萬智博士，你怎麼會幫她講話呢？該不會是在護短吧？」幻象隊長狐疑地挑起眉。

「怎、怎麼可能？我只是就事論事罷了。」萬智博士倉皇地說道。

「別忘了，天智魔女最高執行官的封號是大魔王陛下賜與的，而且，平心而論，她確實是個不簡單的人物。」我嘆了口氣說。

「雖然我不喜歡她，但我也不得不承認她確實相當優秀。」過去負責組織大大小小事務的冷夜元帥說：「自從她上任以來，不到幾天功夫，就已經將過去一團亂的組織打理得井井有條，比任何時候都還要好。」

「學姐，沒想到連妳也這樣稱讚她。」

「唉，只是在今天的事情之後，我才深刻地感受到，我們之間的見識、歷練與才幹根本就不在同一個水平上。也許這就是大人與……大人與小孩子之間的區別吧。」

「從我認識她以來，她就是一個很有想法，也很有能力的女性。」萬智博士感慨道。

「她跟你認識最久，在會議上卻第一個拿你開刀。」幻象隊長氣憤地說：「居然要你寫那個什麼檢討報告……會發生那種事只是意外，又不全是你的責任。」

「哈哈……」萬智博士乾笑著。

「萬智博士。」我略帶歉意地看著萬智博士說：「關於那份檢討報告……需不需要我幫忙？」

「不，不必了，這又不是厄影參謀你的錯。唉！我也不知道為什麼事情會搞成這樣，大概是我平時就沒有好好管理資料庫，才會出這種漏子吧。」萬智博士搖搖頭，婉拒了我的好意，雖然他的模樣看上去還是相當沮喪。

萬智博士的話讓我感到一陣心虛，因為，那個資料庫實際上就是我破壞的，只是，究竟我為什麼要這麼做，那又是後話了。

我們又再聊了一陣，這才各自散去，不過，我並沒有離開。

回想起剛才會議之中的場景，與夥伴們各自分頭離去的背影，我的心中泛起了更多漣漪。

「怎麼了，在想什麼呢，厄影參謀？」

一道衰老的聲音在我背後響起，我連忙轉過身去。

「參見大魔王陛下。」

「不用多禮了，厄影參謀，你明明知道我不喜歡繁文縟節。」大魔王陛下揮一揮手，示意我抬起身。

大魔王陛下是黑暗星雲裡最崇高、最偉大的存在，他是一個臉上遍布著智慧的滄桑，也就是充滿了皺紋的綠皮膚老人。雖然身高不到我的一半，可是他的威嚴，以及寬闊的胸襟，卻像一座巍峨的大山，讓人不禁想要仰望。

大魔王陛下不知是何時出現在這裡的，也就是說……

「難道剛才我們之間的對話，您都聽見了嗎？」我戰戰兢兢地問著。

大魔王陛下微微一笑，「我只是碰巧路過這裡，而且我人老了，耳朵不太靈光，所以什麼都沒聽到。倒是天智魔女，妳也是剛好路過嗎？」

我嚇了一跳，連忙轉頭，只見天智魔女不情不願地從陰影中走了出來。

「天天天天智魔女？」

「幹嘛這麼怕我？我又不會吃了你。」

「沒有啊，沒、沒什麼好怕的。」

「作賊心虛。」天智魔女不屑地哼了一聲，轉身低頭致意道：「參見大魔王陛下。」

「大家都對我這麼有禮貌，也不知是好是壞，每次都要彎腰還禮，真是折煞了我這老骨頭。」

大魔王陛下搥搥自己的肩膀說。

「這是大家尊敬您的表現，大魔王陛下。」

「多謝抬愛，那麼妳呢？」大魔王陛下抬抬眉毛，說：「天智魔女，妳要不要也來嘗嘗受人尊敬的滋味呀？」

「我？我就不必了。」

「別這麼說，天智魔女。我相信在黑暗星雲裡頭，一定有很多人值得妳去結交，也一定有很多人在真正認識妳後，會瞭解到妳是個多麼友善、優秀的人。」

「我向來習慣把公事與私事分開。我當為了黑暗星雲以及您的大業盡心盡力，然而其餘的事，我想我有自己的想法，與自己的原則。我還有事情要忙，兩位，恕我先失陪了。」

天智魔女微微欠身，轉身快步離去。

「大魔王陛下，她……」

我正想開口，卻被大魔王陛下以溫和的語氣打斷：「她是個很善良的人，不是嗎？」

大魔王陛下的評語令我無言以對，只能張大嘴巴，「可、可是……」

「其他幹部對天智有什麼看法，我心中自然有數，但是，這並不代表事實就是如此。」大魔王陛下說，「厄影參謀，不要總是以眼睛所見的表象做判斷，你所看到的，不過是一個戴著假面具的象徵，沒有面孔，也沒有血肉。」

聽完了這些話後，我愕然地開始思索這些富含哲理的話語，大魔王陛下是希望我……

「你是個很聰明的孩子，厄影，我想有些事我不需要說得太明白。現在，如果我交代你一項任務，要你仔細觀察、瞭解天智魔女這個人，你可做得到？」

「這個……我……」

大魔王陛下拍了拍我的肩膀，說：「我相信以你的才智，這項任務對你來說一定不成問題，你就接受了吧。喔，還有，時間不早了，你該回去了吧？我也想休息了呢！」

裡。

說完，大魔王陛下伸了伸懶腰，慢慢走向走廊深處，身影漸漸隱沒在飄飛著的墨綠色光點

我留在原地，思索著大魔王陛下的用意……過了不久，我突然在走廊上慘叫出聲。

「哇啊！」

我居然忽略掉大魔王陛下剛剛告訴我的重要訊息：時間不早了！

「哇啊啊啊啊！」

我再度發出了狂吼，匆匆忙忙地朝著黑暗星雲總部的出口狂奔而去。

PRODUCTION

姐姐是地球英雄，弟弟我是侵略者幹部

# 我要在被爐裡面拯救世界

02

哎呀！糟糕！時間真的不早了。怎麼辦？這下子真的會趕不上。

再這樣下去，怎麼來得及回家替姐姐做晚餐？

我焦急倉皇，恨不得把懸在半空都快要從胸腔裡吐出來的一顆心吐出來……我怎麼這麼語無倫次？總之，我正在賣力狂奔。

十二月的天空暗得特別快。

路燈與天上的星子都在我的背後亮起，被凜凜刺骨寒風環繞的我，加足了馬力，在住宅區域的小街上邁動自己的雙腳。

「喂！不要在大馬路上奔跑！」

突來的喝斥聲讓我嚇了一跳，我停下腳步。

手電筒的燈光在我胸口和臉上晃啊晃，我緊張地叫了一聲，反射性地舉起手遮擋刺眼的強光。

從巷口的陰影處，慢慢走出來一個看不太清楚的人影。

「黑暗星雲？」

是、是什麼人？一時之間我心驚膽戰，難道我的祕密被識破了？

僵住不動的我停留在原地，不知該如何反應，而燈光朝著我全身上上下下地掃了一遍。

「噢，原來不是啊。」那個人的聲音像是放鬆了下來。

燈光從我臉上移開。我眨了眨眼，直到雙眼逐漸適應光線，看清眼前之人的面貌，頓時鬆了口氣。

「什麼啊，原來是小千！」

眼前是一名身材姣好、容姿秀麗的短髮少女。她是我的鄰居路怡千，我都稱呼她為小千，比鄰而居的我們彼此間有著很深厚的交情。

小千露出不滿的表情看著我，「什麼啊，什麼叫做『原來是小千』？看到我難道讓你覺得那麼遺憾嗎？」

「妳怎麼在這？」我問道。

「我出來騎腳踏車運動，這可是鍛鍊心肺耐力的好方法呢。」小千回答。

還真是勤勉啊！我佩服地看著小千，不愧是我們一純高中女籃隊的主將，在這種天氣依舊堅持不懈地自主練習。據說小千在本地還小有名氣，是個就連男生也難望其項背的運動高手。

小千穿著厚厚的運動服，牽著腳踏車向我靠來，「倒是你，姚子賢，都這麼晚了怎麼還在路上玩？」

「我可不是在玩。」我鄭重否認小千的說法，「因為今天打工那邊有點事，所以離開得比較晚。」

「真是的，就算如此，也不必在路上狂奔吧？我還以為你是黑暗星雲的怪人咧。」小千嘀咕著說。

我苦笑了一下，聳聳肩。原來這一切只是誤會而已……就是說嘛，我現在可是穿著校服，而厄影參謀的變裝面具跟斗篷，早就妥當地藏在書包與手提袋裡了，肯定不會被人發現。

再說，怎麼可能會有人把我這種平凡的高中生，跟邪惡侵略組織聯想到一起呢？

「最近黑暗星雲的怪人又出來到處作亂。」小千流露出戒備的神色，看著四周，「天黑以後最好不要自己一個人在外面亂晃，萬一碰上了剛好出沒的怪人可就糟糕了。」

小千渾然不知的是，在她身旁剛好有一個黑暗星雲的成員。不過，小千的憂慮其實完全沒有必要。

我說：「不用擔心，有我在，妳一定不會受到怪人襲擊的。」

「咦？」

身為黑暗星雲幹部的我，對於怪人要襲擊何處不可能完全不清楚，何況就算遇到怪人，他們又怎麼會向頂頭上司的我動手呢？

然而不知為何，小千十分感動地說：「哇喔，姚子賢，沒想到你竟然也會說出這麼有男子氣概的話。」

「咦？」我困惑地睜大了眼，我剛剛說了什麼？

「我就知道，你果然會保護我對吧？嘿嘿，太好了，我很期待唷~哎呀，雖然你沒有繁星騎警厲害，但說不定用不著麻煩她出動了呢……」臉上泛著紅暈的小千，有些促狹地對著我笑著說。

這是怎樣啊，難道是捉弄我的新方式？

只不過，小千話語中的某個名詞忽然撥動了我的神經。

「繁星騎警……啊，姐姐！」我大叫一聲。

「嗚哇！姚子賢，你為什麼突然喊這麼大聲？」小千嚇了一跳，「小實姐怎麼了？」

多虧了小千，我才赫然察覺到自己的嚴重失職。天啊！我居然忘記剛剛是為了什麼理由才會在街上狂奔的。這件事明明十萬火急，不能耽擱，我不禁痛罵自己的愚蠢。

「我差點忘了，我要回去煮飯給姐姐吃，不然她回家肚子會餓慘的。抱歉，小千，我現在不回家不行了，下次有空再一起聊天吧！再見！」

「你說什麼？怎麼話題會忽然跳到那裡去？」

我已經沒空繼續在這裡浪費時間，立刻拔腿跑了起來，錯愕的小千在我背後氣憤不已地跺腳大喊。

「哎！怎麼你老是這樣三句不離小實姐？喂！姚子賢，你該不會想就這樣把我丟下不管吧？回來呀！喂！」

我再次看看手錶，焦急得滿頭大汗。再這樣下去，就來不及回家做晚飯給姐姐吃了！不行，連續十二天讓姐姐一到家就能馬上開飯的紀錄，說什麼都不能在此中斷，因為我已經立定志向，要將這個紀錄推展到一輩子了。

喔喔喔！姐姐現在是不是正飢寒交迫？姐姐會不會因為晚餐遲了五分鐘而餓死？哇啊啊！想到就令我顫慄不已。不行，要是這樣的話，姚子賢你就算千刀萬剮也死不足惜！

姐姐，妳一定要撐住，絕對不能餓死啊！我急得快流下眼淚。

為了守護姐姐吃到美味晚餐時的幸福笑容，我拚了命地衝刺，沒想到就在我汗流浹背、好不容易抵達家門口時，眼前出現的卻是家中一片燈火通明的景象。

哇啊！終究還是來不及嗎？姐姐已經回到家了，現在一定對著空無一物的餐桌，肚子咕嚕咕嚕叫個不停吧？

都怪我！都怪我不好，沒能來得及趕回家做飯給姐姐吃，身為弟弟卻嚴重失職，我無顏面對姐姐，讓我一頭撞死算了。牆！牆在哪裡？

正當我四處找著制裁自己的地方時，卻聞到屋裡飄來一股濃郁的香味。

咦？莫非是姐姐先回到家所以自己煮了晚餐？嗚哇！難不成今天晚上能夠吃到姐姐親手煮的飯？實在是太讓人期待了！我雀躍得在門外跳起舞來。

啊啊！真是失態，我慌忙查看左右。

嗯，還好沒有人發覺。

幸好我的理智還在，因為不論怎麼想，那都是不可能發生的事。

在此必須事先澄清，我絕不是在批評姐姐不會煮飯。姐姐是這麼地秀外慧中、十八般武藝樣樣俱全，怎麼可能不會煮飯呢？證據就是她三年來的家政成績，還有我國三時她第一次下廚所做出來的成品……呃，呃，不如我換個說法好了，姐姐不是不會煮飯，她只是還沒有開發煮飯的天賦而已。

總之，能夠飄出如此誘人的氣味，應該不會出自姐姐的手筆。然而，這股香味卻如此地熟悉。

不過，光站在這裡瞎猜有什麼意義呢？只要打開門就知道了。

一開門，看見一名意想不到的人坐在客廳中央，我的眼睛一下子亮了起來，高興地大喊：

「爸爸！」

沙發上的爸爸正在整理一件件零碎的物品，應該是這趟出國旅遊的相片。

媽媽從廚房探出頭來，「唷，原來是子賢你先回來了呀！」

真難得，平常在家中都是我負責晚餐，沒想到媽媽居然會決定主動煮飯。

「出國這麼久，回來想說難得替你們煮一頓飯。你先把手洗一洗，幫忙擺碗筷，等你姐姐回來就差不多可以開飯了。」

咦，這麼說，反倒是姐姐還沒有回到家嗎？

喀嚓，正巧，這時候，我的背後再度傳來開門的聲音。

「爸爸！媽媽！天啊，我好想你們喔！」

一道甜美的聲音喊得比我還要嘹亮，看來今天晚上的主角終於回來了。

睽違了好幾個禮拜，我們一家人終於再次齊聚在這張餐桌前。

餐桌上的氣氛和樂融融。

「呼哇，好吃，好好吃，我最喜歡媽媽煮的菜了。」姐姐一邊狼吞虎嚥，一邊含糊不清地扒著碗裡的飯菜。

好吃，當然好吃，別忘了我的廚藝就是媽媽啟蒙的，當然有兩把刷子。

「妳這樣說，妳弟弟可要傷心了呢！」媽媽笑著說。

「唉唷，姚子賢煮的飯，我當然也最喜歡了，只是實在太久沒有見到你們，特別讓人想念嘛！」姐姐連忙說道。

「瞧妳這馬屁精……來，盡量吃，儘管吃，飯菜還有很多……嗯，只不過，是不是少了點什麼呀？」媽媽敲著桌子，掃視了一遍飯桌，接著問道：「我看了看，冰箱裡雖然還剩不少肉，但都沒什麼青菜。姚子實，我們出國這期間妳有沒有好好攝取營養啊？」

「咦？有有有！」姐姐心虛地說：「當然有囉，你說是不是啊，姚子賢？」

「少把妳弟弟牽拖進來。」

我的頭才點下去一半，卻在媽媽的一瞪之下，嚇得生硬地僵在那兒。

媽媽隨即噗哧一笑，「算了，你們姐弟狼狽為奸，我就暫且不跟妳計較，但是從今天起，我還是會好好監督妳的飲食。」

「唉唷……」姐姐應得有些勉強。

「嗯，還想頂嘴？」

「是……」

這時候，一直在旁沉默地埋頭吃飯的爸爸抬起頭來說：「子實，最近在執行勤務上有遇到什麼問題嗎？黑暗星雲有沒有什麼特殊的動作？」

這些聽起來再普通不過的家常問話，對我們家來說卻有著更為獨特的意義。媽媽和我都同時收起笑容，姐姐也立時正色起來。

「雖然最近黑暗星雲動作頻繁，但是暫時沒有任何異狀，侵略組織的行動都在嚴密控管中。」

爸爸欣慰地點了點頭，「嗯，看來即使我不在，妳也已經完全能獨當一面了——我的好女兒，不，應該說是繁星騎警。」

「嘿嘿……」

爸爸寵溺地摸了摸姐姐的腦袋，接著我們又像沒事了一樣繼續吃飯，然而剛才那些談話內容如果被鎮裡的其他人聽到，免不了要引起一場大騷動。

我們這個看似平凡無奇的小家庭，其實隱藏著整個一純鎮最驚天動地的大祕密。

絕不會有人想像得到，我的姐姐，現在就讀一純高中三年級的女高中生姚子實，居然就是名震小鎮方圓百里、所有人費盡心思猜測其真實面貌的超級英雄「繁星騎警」！

「好了，小鎮的和平固然重要，但是你們身為高中生的課業跟生活也是同樣！子實，子賢，最近學校有沒有發生什麼有趣的事？」

比起正事，媽媽更加關心我們的打工和學校狀況。

來了，來了！

聽見媽媽終於問到這個問題，我立即興奮地放下碗筷。

我先是稍微提了一下學校的近況，接著便口沫橫飛地說起了學校最近遭到黑暗星雲怪人滲透的事件——又是一次繁星騎警漂亮的豐功偉業！

這件事發生在不久之前，怪人冠獮猴攏絡一純鎮長選定一純高中為目標下手，企圖以黑心工程進行狡詐的侵略，甚至還打算影響學生會長選舉，當然無論是什麼樣的陰謀詭計，最後都會完美地被繁星騎警破解。

「喔喔，沒想到子實妳這次可立下了大功呢！」

媽媽高興地稱讚姐姐的表現，爸爸更是頻頻豎起大拇指。

見姐姐受到爸爸這般大力肯定，我簡直比自己得到讚賞還高興。

聽到爸爸的評語，姐姐應該會很開心吧？我轉過頭想確認姐姐臉上的表情，可是沒想到……

「嘶……嘶……呼……」

餐桌的那頭傳來低沉又平緩的呼吸聲，姐姐竟然睡著了！

「哎、哎呀！」

姐姐一手拿著碗筷，就這樣坐在餐桌前面，不斷點著頭打瞌睡，嘶嘶……微微張開的嘴角邊，口水都快流下來了。

「你在幹什麼，姚子賢？」

我一臉狐疑地望著皺眉的媽媽。

「哎、咦？」

「真是的，好歹用衛生紙啊，你該不會是想用手接吧？你這孩子，腦袋裡裝了什麼東西？」

我急急忙忙抽了一張衛生紙，擦乾淨姐姐嘴邊的口水，再把用過的衛生紙胡亂地塞進口袋。

「姐姐，醒醒。」我輕輕晃著姐姐。

「呼……嗯……啊？現在幾點了？」姐姐迷迷糊糊地說。

「醒一醒呀，妳吃飯吃到一半就睡著了。」

我憂心地幫姐姐拭去嘴邊飯粒。

「噢……噢……」姐姐這才恍然大悟，推了推眼前的碗筷，「我吃飽了。」接著便睡眼惺忪上了樓。

「這孩子，是不是還沒睡醒？」媽媽狐疑地問道：「姚子賢，我們不在的這幾天，你姐姐作息有沒有正常，是不是常常熬夜？」

我搖搖頭，「沒有，完全沒有。」

「那真是奇怪了，會不會是和怪人戰鬥太累了啊？」

「可是她以前都不會這樣啊！」

我擔憂地看著姐姐留下的碗，真是反常，她甚至連飯都沒吃完。

「你們不用太擔心，或許她只是和怪人作戰太累了。別忘記，子實的身體比任何地球人都還強壯。」爸爸從容不迫地說道。

「我知道 γ-12 星人的身體比地球人強壯，但子實還是個孩子，況且，就算是外星人，也不是百毒不侵的。」媽媽不滿地瞪了爸爸一眼，起身離開了。

爸爸聳聳肩，拿起報紙走進客廳，剩我一個人在餐廳收拾桌上的碗盤。

「真是的，爸爸對姐姐的身體狀況也太樂觀了吧！」我擦著桌子，不自覺地嘀咕。

不管怎麼說，她都是你的女兒耶！

爸爸的說法確實有幾分道理，姐姐的身體當然不是普通人能相提並論的，這並不只是因為姐姐是繁星騎警的緣故。繁星騎警的身分，說穿了只不過是個名號，比起姐姐身上的祕密根本微不足道。

姐姐並不是地球人。

姐姐是身為前宇宙特警的父親與地球人的母親結為連理後，所誕下的跨物種生命演化奇蹟，雖然混雜了部分的地球血統，卻是個不折不扣的 γ-12 星人，更是有史以來最年輕的見習宇宙特警，肩負重責大任。

宇宙特警，是由 γ-12 星人匯集種族內的精英，組成維護宇宙秩序、阻止先進星球種族侵略初萌芽文明的戰鬥組織。

雖然目前姐姐還只是見習生，但是以姐姐的資質，將來作為一名超級特警在宇宙中揚名立萬也是指日可待。

嗯嗯！姐姐真是讓我感到驕傲。

在普通人從未關注到的地方，姐姐早已無數次擊退凶殘醜惡、臭氣熏天的怪物，默默守護地球的安危。

姐姐的情操真是太偉大了！

而從小到大，我們家不斷在各處遷徙，與外星人對抗，直到這次遷回一純鎮，姐姐在此鎖定了神祕的邪惡侵略組織「黑暗星雲」，誓言要瓦解他們的邪惡陰謀。而我，則努力地想幫上姐姐的忙。

因為小時候的我，早已立定了志向，長大後要與姐姐並肩作戰。

我沒有與可怕怪人作戰的力量，但沒想到，就在我幾乎為自己的弱小而絕望時，偶然在街上拿到的傳單，竟是黑暗星雲招募打工人員的廣告。

於是我決定不畏任何險阻，混入黑暗星雲，從侵略組織的內部將之瓦解，保護姐姐免於邪惡組織的魔掌！

無論這個任務有多麼危險，也絲毫動搖不了我的決心，因為身為弟弟的我早已領悟：自己的姐姐必須靠自己保護！

整理完餐具，我和往常一樣，躲到儲藏室裡進行固定的訓練——每日一千次的伏地挺身。除了學習知識外，更需要強壯的體魄才能從各種危險中守護姐姐。我每天都會保持自己的思緒清醒，也不忘強健自身的體魄，兩者不可偏廢。

汗水從我身體上滴落，可是我一點也不覺得辛苦，就把這個訓練當成是冬天的暖身運動吧！身體是再怎麼鍛鍊也永遠不會嫌它夠的，我縱然擁有部分γ-12星人的血統，本質上仍是地球人，身體素質和姐姐相差太遠，根本不是外星人的對手。如果想助姐姐一臂之力，我就不能有一天疏於鍛鍊。

小時候在尋找外星侵略者蹤影時所遭遇到的挫折，我至今依然忘不了，當時的懊惱我絕不想再經歷第二次。

我相信持續地訓練，聚沙成塔，努力一定會有所回報。

做完訓練，我正想上樓，沒想到姐姐突然急急忙忙地從樓梯上衝下，差點把我撞倒。

「哇啊，姐姐，這樣很危險，妳要做什麼？」

「沒時間了。」姐姐一邊換衣服一邊用喊的回答我：「剛剛接獲訊息，黑暗星雲好像又有了動作，我必須出擊才行。」

黑暗星雲？都已經這麼晚了，怎麼還會執行侵略行動？

我還來不及繼續追問，姐姐就以迅雷不及掩耳的速度衝向家門口。

「姚子實，晚上出去要注意安全，妳衣服穿夠了沒有？」

「我會注意！」

應完媽媽的叮囑後，我隨即聽到大門砰的一聲重重關上。

晚餐後竟然還有侵略行動，這可是從來沒有發生過的事。

說起來姐姐才休息沒多久，又要因為怪人出動，實在是很辛苦。

身為弟弟，必須懂得替姐姐分憂解勞，我決定趁著姐姐出門的這段期間，好好幫她打掃一下房間，讓她回來後能夠面對一個舒適愉快的環境，享受高檔的生活品質。

我馬上到浴室拿出水桶與抹布，仔仔細細地把姐姐房間的每一處角落都擦得一塵不染，嗯！手指頭抹過去可不能有半點灰塵才行。接著是打蠟，非要讓地板像鏡子一樣亮晶晶不可。

整體環境清潔完畢，接著要收拾雜物，第一個目標是姐姐的書桌。嗯嗯……因為平常沒什麼在用，書桌非常乾淨，真不知是好是壞。

接下來我走到房間另一角，打開姐姐的衣櫃。據說很多女性的衣櫃打開後都會造成傳說中的雪崩現象，但是我們家姐姐是絕不可能發生這種事的，因為我會定期幫她整理。

但是即便如此，每次我打開衣櫃，看見的景象依舊不忍卒睹。姐姐每次穿便服時總是三心二意的，把一堆衣服拿出來試穿，再隨手將不穿的衣服丟回衣櫃，衣櫃裡自然凌亂不堪。

唉！真是枉費我都幫姐姐將每星期該穿的衣服搭配好掛在衣架上了。

你看，這件襯衫，搭配這件裙子；這件外套，搭配這件長褲……穿在姐姐身上難道不是天作之合嗎？

身為姐姐專屬的個人造型師兼服裝設計師，即便姐姐不照我的建議穿著，我也不會產生任何怨言，因為不管是什麼樣的衣服，穿在姐姐身上都好看。

咦，這件塞在衣服小山底下的外套是什麼時候穿的，怎麼這樣皺巴巴？我拿起外套放在鼻子前，深深嗅了幾下。

嗯……從這上頭的姐姐氣味濃郁度判斷，應該穿不到幾次，拿熨斗燙平後就可以繼續穿了，不必丟洗衣機。

除了把皺得像鹹菜一樣的衣服趕快摺好，接下來還要更新衣架子上的服裝款式。總不能讓姐姐一年到頭的穿著一成不變吧，應該要有不一樣的變化。

髮夾、帽子、圍巾必須能襯托姐姐的清麗脫俗之美，襯衫、褲子、外搭則強調符合潮流時尚，至於內衣、內褲也要細心慎選，以讓姐姐穿起來感到舒服自在為優先，總之，一切都馬虎不得。

呼～好累啊！我站了起來，鬆鬆筋骨。

大致上的整理都做好了，接下來是細心整理小地方的時候了。接下來的目標，也就是姐姐那些藏在房間各處、外表看不見的地方。

呵呵，這不是我在炫耀，但是我對姐姐的大小事可說是瞭若指掌。

雖然姐姐一直以為從來沒有人發現，但我還是非常清楚她會在床底下偷偷放少女漫畫雜誌，藏在衣櫃最底層的日韓男星圖卡，則悄悄地被我換成風景明信片……姐姐現在根本不需要接觸那些輕浮的傢伙，身邊只要有我就夠了！

在書桌抽屜裡的假面戰隊簡報冊並不怎麼需要擔心，不過有問題的是，藏在參考書後面的戀愛小說，得好好來看一下。

這些小說不知道是不是同學借她的，每隔一段時間就會換一次，最近姐姐似乎很喜歡看女警察與男小偷、女保鑣與男殺手，這類男女主角職業充滿矛盾的故事，口味真的很特別。
我翻了翻內容，不自覺地開始計算男女主角的年齡差異，當發現這幾本書都是男主角比女主角大上一點、或是年紀一樣時，不禁嘆了一口氣。
咦，好端端地，為什麼我會突然覺得這麼沮喪呢？為了轉換心情，再次振作起來清理環境吧！
我環顧著房間，心想還有哪些部分可以加強，這時我忽然注意到了姐姐的床舖。
呃，事先聲明，我可不是興起了偷懶的念頭喔！
最近天氣這麼冷，姐姐回家想要上床睡覺時，如果床跟棉被都是冷冰冰的，那一定很不舒服。對了！不如就用我的體溫幫姐姐暖被，這樣姐姐就能以最舒適的狀態進入夢鄉了。
事不宜遲，現在就來幫姐姐暖床吧！我馬上鑽進了姐姐的被窩中。

「哎唷，姚子賢！說過多少次了，你為什麼每次都把我房間地板打得這麼亮，這下內褲又會被你看光光了啦！」
「咦，是誰呀？」
迷迷糊糊中聽見有人不停喊著我的名字，接下來肩膀被人用力地搖晃，都不能好好睡覺了，我皺著眉睜開眼，「啊？姐姐？妳在這裡做什麼？」

「我才要問你在做什麼咧，為什麼睡在我的被子裡啊？要睡覺怎麼不回你房間呢？」

「啊，這……我是……」

我迅速從姐姐的床上爬了起來，「姐姐，我是在幫妳暖床啦！」

沒想到姐姐的棉被實在太過舒服，加上聞著姐姐的香氣漸漸讓我的精神紓緩下來，竟然就這麼睡著了。我真是失職。

我掀開棉被，拍了拍床舖對姐姐說道：「姐姐，現在被子裡頭正溫暖，快來睡吧！」

「喔……嗯……等一下啦！」姐姐神色疲憊地說：「唉！我如果再不讀書，等下次考試成績出來，媽媽又要罵人了。」

但是對於坐到書桌前面，姐姐卻是一副面有難色的模樣。

「嗚，天氣好冷，這個時候讀書，整隻腳都涼颼颼的，好痛苦喔。」

這、這個問題該如何解決？忽然，我的腦海靈光一閃。

「啊！那不然，姐姐可以把腳趾放進我懷裡，就可以用我的體溫暖起來了。」

人體暖爐一向都是最有效的，我正想要鑽進書桌底下，卻被姐姐阻止了。

「不需要這樣啦！姚子賢。」姐姐推著我的背後說：「這一點點小小的苦我還是能夠忍耐的，你回房間休息吧，不用再顧慮我了。」

然後我就被請出了房門。

可是，我怎麼能夠放任姐姐遇到的問題不管？姐姐那怕只吃一點點的苦，我都會超級捨不得啊！

有沒有什麼辦法……有沒有什麼辦法……

啊！對了！不是還有「那個辦法」嗎？

我開心地握拳拍了一下掌心。

好在現在還不算太晚，趕快出門一趟吧。

三十分鐘後，我回到了姐姐的房間。

「姐姐，妳醒著嗎？」

雖然燈光亮著，我敲門卻沒有人應聲。

我輕輕推開了門，向裡頭探視，果不其然，姐姐已經睡著了。姐姐倚靠床鋪，腿上放著看到一半的書，斜著腦袋閉上雙眼熟熟酣睡。大概是想要看書，卻抵擋不住睡魔的侵襲，才會變成現在這副模樣的吧！真是可愛極了。

啊！現在不是欣賞姐姐睡顏的時候。

我躡手躡腳地來到姐姐身邊，輕輕地搖醒她。

「呼嗯？」

姐姐揉揉眼睛，接著迷迷糊糊地轉動腦袋，看見這副模樣，我噗嗤一笑。

「姐姐，稍微醒一醒，妳這樣子睡覺會感冒的。」

姐姐還是一副睡眼矇矓的樣子，賴在那兒一動也不動。

也不知道她到底清醒了沒有，恐怕還需要一段時間吧！我脫下外套，披到她身上，這樣應該就暫時不必擔心會著涼了。

在這段期間內，我將剛剛帶上來的那個東西鋪設好。

「呼呼……嗯嗯……哎？那個是什麼？」經過一段時間熱機，漸漸恢復意識的姐姐霎時雙眼放出光芒。

「哇啊！姚子賢，這個、這個不是被爐嗎？」

姐姐馬上興緻高昂地從床邊跑了過來，我的內心不禁感到小小的得意。

「上次跟姐姐一起看購物臺時，姐姐不是一直很想要被爐嗎？所以我就拿這幾次段考存下來的獎金，趁著家電中心特價買了一臺。這樣今年冬天姐姐在房間裡面讀書就不必怕冷了。」

姐姐馬上歡呼著鑽進被爐，像隻迫不及待的倉鼠，在暖烘烘的被爐裡四處亂竄。不一會兒，姐姐從被爐裡探出頭，「嗚呼，真是幸福～要是這個時候，有……」

不待姐姐說完，我立刻呈上早就準備好的水果。

「哇啊，是橘子！」姐姐再一次驚呼。

今天晚上大概是姐姐的驚呼特賣會吧，呼呼，真是天底下最悅耳的特賣會。不管怎樣，姐姐全身蜷縮在被爐哩，露出了一輩子都不想再出來的表情，我便親自把橘子剝開來給她吃。

「好酸、好甜喔！」姐姐極為享受地說著，「啊啊！」

姐姐忽然把我的手指吞了進去。

「呃，姐姐，妳……」

這、這是什麼感覺？

我驚愕地輕輕縮起肩膀，感受到自己的手指在姐姐嘴裡被輕柔吸吮的微妙感觸，嗚哇！好像觸電了一樣。

姐姐的舌頭在口腔裡靈巧地撥動著，把我手指上的汁液舔得一乾二淨，然後才將我放了出來。

「咦，怎麼啦，姚子賢？」

「沒事……呼……呼……我休息一下。」我覺得全身好似都失去了力氣，坐在原處氣喘不已。

「怎麼啦？怎麼剝個橘子就好像快要虛脫了一樣？」姐姐疑惑地問我：「你什麼時候變得這麼沒有體力了？」

嗚哇！被姐姐瞧不起了！難道我的體力真的這麼差勁嗎？是不是因為太少做剝水果的特

訓？

不行不行！怎麼可以這麼窩囊？我對自己太懈怠了，才會連剝個水果都變成這個樣子。從明天開始，我要把訓練量加倍、再加倍！

「不，沒有，我一點也不累！」

為了證明我是個能讓姐姐依靠的男人，我急急忙忙跳了起來，然後在姐姐的房間裡面手舞足蹈，顯示出精神奕奕的樣子。

「好了好了，不要在我房間裡面做體操，房子都快被你拆掉啦！」姐姐扭動起身體，忽然大大打了個哈欠，「呼啊！」

「啊，姐姐，妳想要繼續睡覺嗎？」我連忙問道。

「哎唷！不行啦，睡太多了。」姐姐搖搖手，「不行，我得起來……」

姐姐說完努力地從被爐裡面鑽了出來，挺身在被爐前面端坐。

「嗚哇，可是這個樣子背後好冷。該怎麼辦？啊，有了，姚子賢你過來。」

姐姐向我招招手，我疑惑地靠近她，接著糊里糊塗地被姐姐擺弄出奇怪的姿勢，不一會兒，就成了現在這個模樣……

「呃，姐姐，這是……」

不知為何，現在的我正把姐姐抱在懷裡。對比著全身僵硬的我，坐進了被爐中的姐姐則是微微地放鬆了身體，就這樣躺在我的胸口上。

哇！在我胸前，好像有一團暖烘烘的火爐在燃燒著。姐姐的髮絲輕輕搔弄著我的鼻子，有些酥癢。

然而更叫人在意的是從髮間撲面而來的香氣，嗚哇！從姐姐身體上散發出來的香味就像小蛇一樣鑽進了我的鼻腔，就像醇酒一樣地醉人。

「嗯，這樣最舒服了，前面、後面都暖暖的，果然弟弟真是好用。」

姐姐的眼睛舒適地瞇了起來，原來是把我當成了椅背啊！

我微微笑著，姐姐的腦袋卻像搗麻糬一樣不停地鼓點著，眼皮都垂下來了。

「姐姐累了嗎？」

「唔，不知道為什麼，最近老是很想睡覺。」

「是不是因為長期和怪人戰鬥，缺乏休息的緣故啊？」我擔憂地問道。

雖然以前姐姐在戰鬥之後也會回家埋頭睡覺，但休息之後馬上就恢復了，根本不會像現在這樣累到在餐桌上睡著，我從不曾看過姐姐露出這麼明顯的倦容。

「我不知道。」姐姐在我懷裡聳聳肩。

我心疼地說：「姐姐該好好休息一下了，妳最近越來越晚回家。」

「那怎麼行呢！我要是休息了，誰來對付黑暗星雲的怪人？」姐姐嘆了口氣說。

「可是，再這樣下去說不定會把身體搞壞。」

「這也沒辦法，誰叫小鎮的英雄必須是全年無休的呢？呵呵……說起來還真是諷刺，雖然我打敗了怪人，可是永遠不會有人知道拯救小鎮的繁星騎警就是我──姚子實。」

「姐姐妳不開心了嗎？」我訝異地看著姐姐。

「也不是啦，我只是在發發牢騷罷了。還不是因為黑暗星雲最近一直搗蛋，害我老是跟不到特攝節目的播放時間。」姐姐抱怨道，「再撐一下，反正現在都已經是十二月了。」

「咦？什麼意思？」

月分跟休息有什麼關聯嗎？我困惑地眨了眨眼。

「呵呵，姚子賢，你讀書讀到傻啦？十二月的話，馬上就是耶誕節了呀！」

「啊！啊！」

我恍然大悟，忍不住輕呼出聲。

「一定有很多人期待著全家一起過節吧，畢竟耶誕節可是個讓大家團聚的日子。」

「嗯……」我用力點了點頭。

說起來，我們家每年也有過耶誕節的習慣。

自從外公外婆相繼過世後，我們家找不到回鄉過年的理由，漸漸地，耶誕節就變成家裡最重要的節日。每年過節，除了團聚在一起、共同享受美味佳餚外，我們會互相贈送彼此最想要的一份禮物，年復一年地，歲歲不變。

天啊，前陣子忙於黑暗星雲事務的我，居然忘記了耶誕節就近在眼前，雖然還有將近一個禮拜，但我現在什麼東西都沒準備。

今年要送姐姐什麼東西好呢？

我一邊想著，一邊不經意地摸起了姐姐的頭髮。

「咯咯咯……好癢喔。」姐姐輕輕笑了起來，「不管怎麼樣，守護小鎮的和平是我最大的使命。我呢，無論有多麼辛苦，都希望能夠為今年的小鎮帶來溫馨、美好的耶誕。因為呀，這可是我們家最重要的一天喔！」

「是姐姐的話一定沒問題的。」

我歪著頭，瞄了瞄姐姐，試探性地問：「姐姐最近有沒有特別感興趣的東西呢？」

不管是龍肝鳳髓、仙果蟠桃，哪怕上天下地，只要是為了姐姐，我一定都買得下手……咦，怎麼好像都是些吃的東西？

「傻瓜，不用啦！我最想要的禮物就是和你們一起過耶誕節呀！」姐姐摸摸我的頭，「只要想到能和家人聚在一塊，我就覺得渾身又充滿了幹勁。所以說，我要打起精神來……唔唔……」

不知道是不是因為撫摸頭髮太舒服了，姐姐發出了柔軟的咕噥聲。

嘻嘻，真是的，才說要打起精神來呢，姐姐的雙眼已經完全享受地閉上了嘛！

算了，姐姐要維護小鎮的和平，確實夠辛苦的了，打起精神什麼的，從明天再開始吧。今天晚上，姐姐在被爐裡拯救世界就可以了。

我輕輕將下巴靠上了姐姐的腦袋，溫柔地撫摸著她的頭髮。

「晚安，姐姐。」

唉！一想到姐姐身上背負的責任，我就不禁搖頭嘆氣。

雖然 $\gamma$-12 星人的力量強大，但姐姐畢竟是十幾歲的少女，爸爸究竟為什麼狠得下心讓自己的女兒這樣以身犯險，對付那些窮凶極惡的外星人呢？我永遠都無法理解。

我明白我們全家如今能如此安穩地在這個小鎮生活，全賴姐姐認真勤勉地對抗那些虎視眈眈的外星侵略者，但是，這樣的代價，真的值得嗎？

我沒有答案，只能不斷、不斷地摸著姐姐那細膩薄紗般柔順的頭髮，不斷、不斷地摸著……

不知不覺中，我也打了個大大的哈欠。

我做了個夢。

夢中，我看見巨大參天的耶誕樹……毫不誇張，一直都延伸到宇宙去了，就連星星都成了樹上裝飾。

「姐姐，好美啊！」我握著身旁的姐姐的手，感動萬分地說。

姐姐沒有回話，只是忽然把面具戴了起來。

戴上了面具的姐姐，就變成了繁星騎警，她一躍而起，飛上樹梢，俯視著樹底下的小鎮。飄飛的落雪紛降下來，我抬頭看她，只覺得身心都寒冷異常。

姐姐的身姿，遠遠看上去是那麼地英姿勃發，此時的她，再也不是穿著繁星騎警的服裝，而是屬於宇宙特警的戰袍。

我揮著手大聲呼喊，終於，姐姐注意到了我的存在。

「姐姐，我在這裡！」我想這麼大喊，一開口卻成了：「哈哈哈！繁星騎警，放馬過來！」

這究竟是怎麼回事？

姐姐果真低下了頭，「黑暗星雲！」

不對，不是這個樣子的！姐姐，是我，我是姚子賢啊！我慌張地退後，可是退無可退。

姐姐從天上衝了過來，咬牙切齒地高喊：「厄影參謀！」

不對，我不是……不，我是，我就是厄影參謀，我就是黑暗星雲的幹部厄影參謀！我是跟姐姐敵對的黑暗星雲的厄影參謀！

悟及此處，我的心頭不禁升起一股不可自拔的悲傷。

繁星騎警的攻擊來勢洶洶，勢不可擋，我高舉雙手，做出徒勞的抵禦。

我怎麼可能擋得住繁星騎警的全力一擊呢？

悲哀的是，我竟然要被姐姐親手消滅……啊啊！姐姐瞬間出現在我的面前，難道我就要葬身此處？

砰……

出乎意料地，我沒有死。我倒在雪地上，雪地好冷、好冷，姐姐就壓在我胸前，一臉泫然欲泣地看著我。

「姚子賢……」她把手覆上我的胸口，我的心口部位，好暖、好暖和。

姐姐，不要哭。我伸出手，想要拭去姐姐臉上的眼淚，可是姐姐忽然飛上了高空。

「再見了，我的弟弟。」

姐姐越飛越遠，天頂上，有無數的銀河特警，全都是γ-12星人，姐姐變成了他們的一員。

姐姐，不要走！我想大喊，卻怎麼也喊不出來。

姐姐頭也不回，跟著γ-12星人飛進了宇宙，可是我哪兒都不能去，只能踉蹌地爬行在雪地上，哪兒都不能去。因為，我是地球人。

好冷……不對，好溫暖……又不對，應該是好冷才對。

到底是怎麼回事？

我睜開眼睛，發現清早的陽光從窗戶外頭透了進來，照射到眼皮上，讓人感受到一股微微的溫暖。

低下頭一看，原來我的下半身正藏在暖烘烘的被爐裡，而露在外頭的上半身則是一條被子也沒有蓋，難怪會產生這種又冷又熱的奇妙感覺。

我就這樣過了一整個晚上嗎？

不對，即使沒有蓋棉被，可是昨夜一整晚還是感到非常暖和，因為有某個人和我相擁而眠。

可是四處探望，房裡只有我一個孤零零的存在，單憑身上輕薄的衣物，當然阻止不了無處不在的寒風。

「咦，姐姐？」

我離開房間，下到一樓，立刻聞到烤吐司的陣陣香氣，媽媽已經做好早餐了。

「姐姐呢？」我問道。

「子實很早就起床出門啦！」

「什麼？」

我大吃一驚，平常總是盡可能蒙在被子裡大睡特睡，非要我千呼萬喚才會在遲到前的最後一刻勉強起床的姐姐，今天居然搶在我前頭起床，而且還已經出門去了？

這種情況以往不是沒有，但嚴格講起來，簡直比平地起旱雷還罕見。若非有特別原因，不然是絕不可能發生這種事的。

「今天早上黑暗星雲又發動了攻擊，所以你姐姐老早就去處理了。」

什麼，這麼早？我看了看時鐘，現在還不到六點耶，這樣說來姐姐只不過睡了幾個小時。

到底是哪個傢伙在這種時候發動攻擊的？勞基法、勞基法在哪裡？難道邪惡侵略組織就可以無視基本勞動權嗎？

回頭要是遇上天智魔女，我定要好好向她抗議，就算是怪人，也應該好好遵守法律的工時規定！

媽媽對我喊道：「子賢，趕快把早餐吃一吃去上學了。」

「噢，好。」

我勉強靜下心，啃起餐桌上的烤土司。

吐司雖然烤得焦黃香脆、恰到好處，然而我卻吃不出多少滋味，因為我的心裡正在擔憂另外一件事——這樣早出晚歸，姐姐真的有好好休息到嗎？

PRODUCTION

姐姐是地球英雄，弟弟我是侵略者幹部

# 小鎮來了神祕訪客

03

呼哇！天氣好冷。

我搓著雙手，然後又朝掌心呵了一口氣，即使外頭包著蓬鬆溫暖的運動長褲，雙腿還是在寒風中不停發抖，更何況那沒有任何遮蔽的臉部……寒風重重壓著眼皮，眼睛都快睜不開了。

這樣的天氣，讓人只想趕緊躲回教室，只不過，不管再怎麼不舒服，我也一定要堅持住，不然豈不是要被此刻在我面前的這群女學生小看了嗎？

一純高中最引以自豪的大籃球場旁，簡直可以說是冬季戶外野風的十字路口或大停車場，四面八方的寒風毫無阻礙地自由來去，肆無忌憚地劫掠任何一個人的體溫。

在這裡，有一群女學生絲毫不被寒流威力影響，穿著長袖的運動上衣與長褲，騁馳在球場上，盡情揮灑著熱情與汗水，簡直要把整個冬天給燃燒起來似的。

這群一純高中女籃隊的成員，擁有連男子運動員都自嘆弗如的氣概。

「嘿！傳球！」

「跑起來，快攻！」

「防守！」

女籃隊員們賣力地吆喝著，看著這幅景象，我也不禁心頭發熱，真想為場上奮鬥的球員打氣鼓舞。

不過，我真正想聲援的對象只有一個，當然就是正在場上努力的姐姐囉！

為了替姐姐營造出帝王般的氣勢，我甚至還帶了彩球，可是被姐姐以顯眼為由阻止了……虧我特地跑去向啦啦隊討教，還參加了不少練習，結果英雄無用武之地，唉。

沒辦法，既然是姐姐的要求，我只好忍痛捨棄彩球。

彩球舞不行的話，那後空翻怎麼樣？

「加油！加油！三號姚子實，加油！」

這球沒進，哎呀！可惜了，不過下一次一定會進的。

激烈的比賽中，站在原地發呆的姐姐突然接到了球，匆忙投出球後，姐姐一副茫然地看著球從籃框上面彈開，發出清脆聲響。

「姚子實，妳還在那裡發什麼呆，沒睡醒嗎？快點回來防守！」

「喔好！」

姐姐急急忙忙地跟上隊友，奔跑間不忘回頭看了球框一眼，看起來像是真的慢了好幾拍一樣。

到目前為止，姐姐上場的時間是十分鐘，數據是四分、兩顆籃板、三個助攻和兩次抄截，外加六次失誤。

這對女高中生來說是個尋常無奇的成績，不過，我不是只看表面數據的膚淺追星族，我依然要大力支持姐姐！我對姐姐的熱忱能夠填滿馬里亞納海溝！

社團活動乃是青春時期珍貴無比的重要紀念，鉅細靡遺地記錄姐姐社團活動的歷程，也是弟弟的重要工作。我把數據抄寫到筆記本上，對照著過去的表現來看，今天依然是正常發揮。

當然，所謂的正常發揮，其實是把姐姐真正的實力壓縮到百分之一……不，是千分之一的程度。姐姐參加體育活動時，必須小心翼翼地運用壓縮過後的力量，要是她沒有控制好，以γ-12星人的體能水準，恐怕一次對付一百個ＮＢＡ球員都不夠她塞牙縫吧。

緊接著，哨音響起。

「好，現在是中場休息時間。」

我連忙迎上前去，向著從場上走下來的姐姐展開手上的大毛巾。

「姐姐辛苦了，來，我替妳擦汗。」

姐姐因為激烈的比賽大汗淋漓，這時最需要注意的就是保暖，萬一吹到寒風感冒那可就不妙了。

姐姐接過毛巾，詫異地看著我說：「啊啊，謝啦。呃，不過，姚子賢，你怎麼會在這？」

「當然是來替姐姐加油的呀！來，姐姐，先到這裡休息吧！」

我拉著姐姐的手，帶她到一旁早就準備妥當的休息區。我張開最高級的登山用折椅，為了預防姐姐肚子餓所以準備了水果，然後還有暖手包、暖腳包、肌樂噴劑，一應俱全的醫療包在旁備而不用。

但是無論我怎麼勸說，姐姐依舊遲疑地看著折椅而不敢坐下。

「不太好吧，大家都坐在地板上，怎麼只有我接受這種待遇。」

「沒關係的，姐姐妳跟別人不一樣。」我殷勤地說。

我感覺到其他女籃隊員朝這裡投來的視線，用不著說，一定是欣羨的目光。真可惜，這是只有姐姐能夠獨享的尊榮。

「不然姐姐妳先吃些東西，不要餓著了。」

我把切好的水果端到姐姐面前，轉頭準備現場調製運動飲料。這種飲料富含電解質及多種營養成分，最適合時常消耗大量體力的運動員。

我專心致志，冷不防被踢了一腳。

「哎喲！」

是誰踢我屁股？我嚇了一跳，手邊的飲料都灑出來了。回頭一看，女籃隊的隊長小千雙手扠腰，正瞇著眼牢牢盯著我。

「又是你，姚子賢。」小千一臉哭笑不得的模樣，說道：「雖然上次比賽你幫了我們不少忙，但是你最近的行徑實在越來越誇張了。社團活動時間，你不去參加自己的社團活動，在我們球場旁邊搞什麼飛機？」

「我只是來替姐姐加油，難道不可以嗎？」

「你分明是在搗亂！這個變態姐控！」小千指著一旁問道：「這堆垃圾是什麼玩意？折椅、洋傘……你以為現在是在海灘度假嗎？」

「誰是變態姐控？請妳不要含血噴人。還有，它們可不是垃圾，而是我特別為姐姐設置的休息空間。」

我自豪地說道。

這些全都是為專業運動員打造的休養防護設備，不但有肌肉按摩抒壓機、足療機、肩頸按摩器，甚至還有一系列配合人體鹽度濃淡的飲用水，而連這些飲用水，都是我在家裡用逆滲透淨水器過濾再煮沸後帶來的。

「現在馬上給我把這些東西撤走，你妨礙到我們練習了。」

「這……可是，我只是在球場旁邊安安靜靜地站著，完全不會打擾到妳們啊。小千，妳想想看，姐姐平常對妳不錯，難道妳願意眼睜睜看著她因為休息不足而影響身體健康嗎？比如說水分攝取不足，或是熱身運動不夠……」

「夠了夠了！」小千揮揮手，打斷我的話。

「雖然小實姐是我的好朋友，但我也是女籃隊的隊長，必須做全隊的表率。你的誇張行徑已經嚴重影響到我的隊員了，麻煩你有所自覺好嗎？」

小千指著我的鼻子怒斥。

「現在把這些東西全給我帶回去！」小千說完，憤怒地踢了地上的大孔雀羽毛扇一腳。

「喂！不要弄壞啊，那是專門帶來給姐姐搧風的。」

我心疼地跑過去將扇子從小千的腳下搶救出來。

一邊修復扇子，我一邊試圖和小千討價還價：「但是啊，小千妳想，我這些都是為了提供姐姐良好舒適的休息環境，沒有惡意……要不然，我可以特別提供多餘的運動飲料給其他人喝。」

「不要想用這種伎倆利誘我，誰稀罕你的運動飲料？我們這裡是社團活動的地方，不許你胡鬧。限你三秒鐘，要是這些東西還沒離開我的視線，我……我就叫老師把小實姐的社團成績打零分。」

我慘叫：「路怡千，妳太卑鄙了，這是公器私用！」

「少囉唆，這是對付你的唯一方法。」小千咬著牙說。

「可惡……」我發動溫情攻勢，「但是妳的條件太嚴苛了啦，小千，我知道妳對我最好了，可不可以通融一下，起碼讓姐姐充分休息後……」

「三、二……」

「好、好，我搬！我搬！」

我軟硬兼施都無法改變小千的心意，只好急忙抓起了折椅跟其他器材，三步併作兩步，狼狽地離開現場。

在我背後，哨音再次響起，我轉頭一看，姐姐回到了場上，準備下一節的比賽。而小千還在遠遠監視著我，完全沒有掉以輕心的意思。

嘖！我深深體會到了什麼叫秀才遇到兵，有理說不清。只不過是準備一點飲料什麼的，小千竟如此小題大作。

唉！既然沒辦法繼續隨侍在姐姐身側，我只好退而求其次，好在我還有另一個去處。踏上樓梯，我朝著所屬社團——宇宙人意志同好會的社團教室邁進。

咯咚！咯咚！嘿咻！嘿咻！

規律十足的吆喝聲不間斷地自底下傳來，聽得人心癢難耐，球賽應該進入高潮階段了吧？真想近距離欣賞姐姐在球場上比賽的英姿。

不知不覺間，我已經來到了教室門口。

宇宙人意志同好會的社團教室是我精挑細選過的，剛好能將操場上所有情況一覽無遺，是一處絕佳的賞景據點。而且，自從加入這個社團以來，還沒有看過第二個成員出席，所以我能不被打擾地盡情欣賞姐姐社團活動的樂趣。

按捺著迫不及待的心情，我打開了教室的門，正準備跨出腳步——

「誰允許你這樣進門的？出去！」

「啊，不好意思，我走錯教室了。」被嚴厲訓斥的我急忙道歉，關門退出教室。

「……不對啊！」

我疑惑不已，抬頭看看教室的編號，我沒有走錯啊！

我再次開門。

原先坐在教室內的長髮女學生與我四目相望。

「看來你還是學不乖。」

「呃……黃之綾同學，這裡不是宇宙人意志同好會的社團教室嗎？」

「沒錯。」黃之綾理所當然地回答道。

「喔，那就好。」我放下心內的大石頭，提起腳步要再次走進教室。

「給我停住！」

「嗚哇！」

那一瞬間，凌厲的目光彷彿要把我活活射穿似地盯了過來。黃之綾的語氣比此刻屋外的氣溫更加冰冷，讓我急忙在半空中硬生生踩了個煞車，全身僵硬且動彈不得。

「請問……我做錯了什麼嗎？」我無辜地問。

「你的報告呢？」

「什、什麼報告？」我誠惶誠恐地問道。

「進社團教室之前必須先喊報告，難道你不知道嗎?給我重新來一次！」

「咦？」

這句話像晴天霹靂似地打中了我，向來都把社團教室當作專屬包廂的我，當然從來不會在意這種事。

不對，《社團活動守則》裡，好像確實有這條規定，但是……

「但是，根本沒人遵守過這條規定不是嗎?況且這間教室現在就只有我們兩人……」

「只有兩個人就不必遵守規定了嗎?姚子賢，你的心態太不正確了，就算今天教室裡一個人也沒有，該守的規矩還是要好好遵守，知道嗎？」黃之綾嚴厲地說。

「知、知道了。」

被黃之綾喝斥過後，我只好老老實實地重新回到門口。

「報告，我要進教室了。」

「嗯，好，請進。」

經過一番折騰，我好不容易得以進入房間。嗯，沒想到進入自己的社團教室居然變得這麼困難。

黃之綾坐在教室中央，埋頭書寫著厚厚的表格，完全不理我。

俗話說，從一個人穿的衣服就能看得出她的性格，我想這真是再正確不過了。最近天氣驟然轉冷，很多女生開始穿起鮮豔花哨的毛衣或便服外套，然而黃之綾卻在制服外面罩上了校服的針織背心，完全顯現出她一絲不苟的性格。

「話說回來，黃同學，妳怎麼會在這裡？」

「姚子賢，你是不是還沒睡醒？」黃之綾皺著眉看我，「我現在是宇宙人意志同好會的成員啊！」

「噢，對了，我差點忘記了。」

我拍了拍額頭。

黃之綾原本是我們學校的學生會副會長，也參加了不久前的學生會長選舉，但是最終她放棄了競選資格。

在我看來，這不過是解放了原本加諸在她身上的枷鎖而已。

原本我以為從此之後，她就可以自由自在地做自己想做的事，沒想到她居然會選擇加入和我一樣的社團。

「倒是你，居然會出現在社團教室。」黃之綾訝異地說，「我聽說你平常不都還挺忙的？」

我聳了聳肩，「今天難得例外嘛。」

平常的社團活動時間，我總是被各個社團抓過來找過去當比賽幫手，但是因為最近外頭的天氣實在太冷了，幾乎所有的運動系社團都停止了戶外活動，總算讓我偷得浮生半日閒。

我看著黃之綾面前那一大疊厚厚的資料，不禁好奇地問道：「這是什麼？」

「這些是各社團要上繳給學生會的教室申請、預算申請、成果報告跟其他所有該填卻沒填的東西。」

雖然黃之綾若無其事，可是一字一句卻說得我心驚，我瞪大了眼，那疊資料足足有半個人那麼高啊！

「我調查過了，這是從好幾年前積欠到現在的分，全都沒有人填寫，難怪會累積到這麼多。」

從她的聲音裡，我能聽出滿滿的怒意，可是，一個幽靈社團為什麼還需要搞這麼多麻煩的東西呢？我從來就不知道有這些資料，社團還不是照樣運作得好好的……或者說根本就沒有運作過。

「你該不會在納悶為什麼一個幽靈社團需要搞這麼多麻煩的東西吧？」黃之綾完全看穿了我的內心，「我告訴你，不管怎樣，身為學生就該盡到學生的本分，一個社團就該有社團的樣子，既然我在這裡，就一定會把事情統統做好。」

噢！是嗎？真是不得不敬佩黃之綾同學的毅力，看來即使是從學生會退了下來，她那一板一眼的個性依然絲毫沒變。

不過，交給黃之綾的話，這些表格一定能迅速完成吧，我心安地想著，準備到窗邊看姐姐比賽。

黃之綾提起筆，沙沙地在紙上寫字。

沙沙……沙沙……過了一陣子，黃之綾突然把筆扔到桌子上，「你也要來幫忙啊，姚子賢！」

「咦？我？」

「當然，難道你不是宇宙人意志同好會的一員嗎？」

「但、但是我從來沒做過這些東西。」

「只要肯學就會了。」

「拜託妳放過我吧，冷夜元帥……」

「不是說好在外頭不要這樣叫我嗎？」黃之綾生氣地說：「你這……噓！不好，有人來了。」

話才剛說完，教室的門「啪砰」一聲打開，這次出現的訪客讓我們覺得很稀奇。

「小千？」

「幹嘛？」小千沒好氣地說：「一副很驚訝的樣子，我臉上有什麼東西嗎？」

「不，沒有，妳的臉很正常。不過妳來這裡有什麼事？」

「怕你們兩位孤男寡女在同一間教室裡頭會產生什麼危害，所以我特別來關心一下。」

「我們怎麼可能會產生危害？」

「防患於未然。」

「還真是多謝妳呀！」黃之綾淡然地說道：「不過現在是社團時間，所以我們一起坐在這裡是再正常不過了。倒是妳，妳現在應該待在操場上練球，而不是來這裡打擾『我們兩個』的社團活動，不是嗎？」

黃之綾刻意強調某幾個字，就連我也感覺到當下的氣氛忽然變得有些不尋常。

真是古怪，記得上次學生會長選舉的事件後，她們已經成了相當要好的朋友才對，怎麼現在還劍拔弩張的呢？

小千豎起了眉毛，「那還真是不好意思！不過，就算是社課，我就不能有休息時間嗎？我找姚子賢問點事情。」

「不好意思，等我們社團的休息時間妳再問吧。」

「少來了，別以為我是第一天來這裡，宇宙人意志同好會根本沒有像樣的活動吧！我把姚子賢借出去一下，馬上就好。」

這次換黃之綾豎起了眉毛，「誰說我們沒有像樣的活動？我們也是有在……我們現在就是要做……哼……好，既然這樣，那我稍微妥協，妳就在這間教室裡頭問吧。」

劈帕！

嗚哇！那是怎麼一回事？剛才兩人視線交會的一瞬間，空氣中似乎爆出了一絲火花？

我連忙站起來，揉揉眼睛，懷疑是不是自己的錯覺。

小千別過頭說：「好吧，那我就在這裡問好了……姚子賢。」

「咦？是。」我慌張不已地回應。

「就是啊……那個、那個……你今年的耶誕節有沒有空？」

「還真是單刀直入啊。」黃之綾感嘆著說。

「要妳管。」小千回嘴，接著又轉頭問我：「所以你到底有沒有空？」

沒想到我還沒開口，居然是黃之綾代替我回答了。

「他沒有空。」

「為什麼是妳回答我？」小千帶著怒意瞪視黃之綾，又瞪向我。

黃之綾面露微笑，沒有接口。

「難、難道……你們兩個已經約好要一起出去？」小千顫抖著說。

「並不是這樣子的。」我連忙搖手否認。

小千鬆了一口氣，「呼……還好……」

她歪著頭想了想，突然逼問我說：「等等，你該不會又是說這個耶誕節要跟小實姐一起度過吧？」

「咦，妳怎麼知道？」我說，「只不過，我連禮物都還沒買呢。」

小千拍了拍額頭，露出一副無奈的表情……究竟在無奈些什麼啊？

「算了，我早該料到的。沒事了。」小千跺了跺腳，接著看向黃之綾，微微勾起嘴角，「看樣子妳的進展也沒多快嘛！」

出乎意料地，黃之綾吐了吐舌頭，「哼，妳這麼幸災樂禍幹嘛！我們難道不是好朋友嗎，居然這麼對我。」

「我才要問妳咧，這麼提防我幹嘛！妳自己都說了，我們難道不是好朋友嗎？」

「畢竟有些事，就算對好友也不能讓步，一碼歸一碼啊！」

「哈！少得了便宜還賣乖。算了……我不跟妳胡鬧了，休息時間差不多結束了，我要回去練習啦，再見！」

「再見。」

小千就像旋風一樣地離開了教室。

真搞不懂她們之間的感情是好是壞。

「妳們說的話我實在聽不懂，剛剛……」

我納悶地抓抓腦袋，話才說到一半，教室的門忽然又被打開。

「……嗯！很好。」

小千左右看了看我和黃之綾，像是確定了什麼事，滿意地點了點頭，再度關上門。

「她……她……這個，妳們到底在做什麼呀？」我張口結舌望著門口。

「還敢說，還不都是你害的？你這塊大木頭。」

咦咦！黃之綾的話讓我完全摸不著頭緒，我、我是哪裡做錯了嗎？為什麼會挨罵？

我受傷地看著黃之綾，不過她顯然沒打算解答我的疑惑。

她把一大疊厚厚的表格放在我面前，露出高興的神色道：「來吧，今天放學前我們要把這些資料全都做完，現在就得開始努力了！」

夕陽西下，金黃色的光芒穿過了面對操場的玻璃窗，映入我們的眼簾。我揉揉疲倦的雙眼，大大地伸了一個懶腰，忽然聽見走廊上響起綿長的鐘聲。

啊，我低下頭來看看手錶，居然是放學時間了。

「沒想到不知不覺間就這麼晚了啊！」黃之綾說。

看了看我們今天的成果，已經把像小山一樣多的資料完成了大半，真是不得不佩服我們所付出的努力。

黃之綾心滿意足地把資料收進手提包，「剩下的我帶回家做好了，相信很快就可以完成。」

我苦笑了一下，「怎麼妳看起來很高興？」

「當然，沒什麼比填寫公文報表更讓人愉快的事了。這真是一堂充實的社課，如果可以，我覺得我們以後應該多進行這種活動。」

我頓時感到脊背一陣發涼，「拜託千萬不要。」

先不提哪來這麼多表格可以填寫，要是以後每次活動都像黃之綾所說的那樣，宇宙人意志同好會的社團運作內容就要朝著很奇怪的方向發展了……雖然這個社團本來就很奇怪，但是，無論再怎麼樣，也永遠不會跟永無止境的公文報表沾上邊吧？

我嘆了一口氣，這處讓我放鬆觀賞姐姐社團活動的天堂，未來不知道還能不能繼續保持安穩。

今天都把時間花在跟冗雜的表格奮戰了，結果完全沒有機會欣賞姐姐打籃球的模樣跟容顏，唉！一想到這裡，我的心就覺得有些空蕩蕩的。

我和黃之綾關上教室的電燈，確認門窗都鎖好之後，才離開了教室。

「你今天要去打工嗎？」黃之綾問我。

「不了。」我說，「我今天有事要做，想要請假。」

黃之綾抬起頭納悶地看著我，過了一會兒，她說：「是嗎？既然這樣的話，你自己小心。」

「咦，為什麼？」

「據說最近這幾天，天智要發動最新一波的攻擊行動。」黃之綾鬱悶地說道：「那傢伙做什麼事都神神祕祕，完全不跟我們商量，只有她那四個親信知道她究竟在打什麼主意。我是透過別的管道，好不容易才得知一些蛛絲馬跡，看來她完全不信任我們。」

「別說了。」我苦笑，「她也是為了黑暗星雲的大業，妳用不著這麼生氣。」

「我才沒有生氣。」黃之綾哼了一聲，「既然她愛主導，我也樂得把事情全丟給她，省時省力。只是，這種被蒙在鼓裡的感覺實在讓人受不了。」

雖然嘴上這麼說，不過看黃之綾那忿忿不平的樣子，果然還是有一些疙瘩吧。

「算了算了，不想管那些事了。我去還鑰匙，再見。」

黃之綾輕輕晃了晃手上的鑰匙，於是我們便在走廊上分道揚鑣。

我獨自一個人走向校門，火紅的太陽在地平線上散發它最後的熱量，把整片天空烤得一片金黃，所有事物的影子都被拉得好長。

我突然在校門口發現了一個熟悉的身影。

人潮、車流都散去的十字路口，某個女學生倚在半闔的鐵門邊，遠遠凝望著校外，似乎是在等待什麼人。

走近校門口，那名女學生的容貌逐漸清晰起來。

「咦，小千？」

小千脫下社團活動用的體育服，換上了漿洗過的潔白制服……嗯，不知為何，雖然明知小千是不折不扣的運動派，可是這時待在夕陽下默默無語的小千，竟散發出一股與平常不同的清秀風采。

小千在等誰呢？

隨著我走近校門，小千慢慢轉過頭，臉上露出了一絲詫異的神色。

她離開原本倚靠的地方，走向了我。

「咦，怎麼回事？」

我左顧右盼，發現四下無人，難不成小千在等的人就是我？

「我等你好久了，真慢。」

我竟然真的猜對了。

「真是不好意思……可是，我們有約好嗎？」

我搔著腦袋，再怎麼搜尋腦海裡的記憶，卻一點也想不起來……這是當然的，因為根本就沒有約定過嘛！

「沒有約好就不能等你啊？大忙人先生，要不要一起回家？」

「呃，抱歉，妳自己先回去吧，我今天還有事，要先去別的地方一趟。」

「這樣啊，那我們走吧！」

「啊，走去哪裡？」

「採買耶誕禮物啊！」小千順理成章地說：「下個禮拜就是耶誕節了，根據我對你的瞭解，你說還有別的事，一定是想去商店街買送給小實姐的耶誕禮物吧？所以我們一起去吧！」

「妳猜對了，我的確是要去買耶誕禮物……可是為什麼要帶著妳一起去啊？」

「唔～難道一起買東西還需要理由嗎？」

「是不需要什麼理由，可是……」

小千臉色一沉，「豈有此理，姚子賢，你跟小綾在同一間教室獨處好幾個小時都不會厭煩，跟我去買東西就要推三阻四嗎？」

「這個，我、我當然沒有……」

「既然這樣就走吧！」小千說完便抓起我的手臂，邁開步伐，「何況，我再怎麼說也是個女孩子，對於什麼東西會比較合小實姐的胃口，說不定我還能提供主意呢！」

「哎唷，等等，妳慢一點，別拖著我……」

「真是的，快點走啦！你再繼續這樣婆婆媽媽，小心小實姐不喜歡你唷！」

「她才不會！」

我終究放棄了抗拒，任小千拖著走。

唉！這個路怡千，真讓人拗不過她。

不過小千說的也有道理，有個女孩子能夠提供意見，聽起來似乎也不錯。雖然我不相信這世上會有誰比我更瞭解姐姐的品味就是了。

「喂，妳走慢一點，不要一直拉我……等等，天啊，我們究竟在哪裡？」

一路被小千拉著走，我根本沒注意旁邊的景色，等回過神，發現這附近全都是我不認得的建築物。

我轉頭看看我們是從哪條路走來的，結果也是一片陌生，根本找不到線索。

「我們該不會迷路了吧？」

「閉嘴，姚子賢。」小千煩躁地說：「我說了我認得路，跟著我就對了！」

不過看她茫然的模樣，我壓根沒辦法相信她。

剛剛小千說她知道一條從學校往商店街的捷徑，拉著我就往小巷鑽，小巷裡面縱橫交錯，繞了一陣子以後，我們就連東西南北都分不清楚了。

「面對事實吧。」

「面對你個大頭，不要那麼快放棄好不好？」

我的質疑好像嚴重觸怒了小千的自尊心，結果她非但沒有反省自己的過錯，反而舉起拳頭來揍了我好幾下。

哎，人為刀俎我為魚肉，我只好乖乖地閉嘴不語。

「那麼，我們現在要往哪裡走？」

小千沒有答話，而是看著眼前的兩條岔路認真地思索，假裝她好像曾經來過這裡。

過了一會兒，她判斷道：「我覺得我們應該走左邊。」

小千雖然裝出很有把握的表情，但是動搖的眼神卻出賣了她。我怎麼感覺連十元硬幣都比她可靠？

我露出狐疑的表情，但是在小千投射過來的威嚇視線之下，立刻明智地決定最好不要開口，乖乖順著她的意思邁開腳步。

我覺得我們絕對走錯了，左邊的小巷明顯比另一條更陰暗，兩側路旁堆滿雜物，就連通行都有困難。我想平常一定沒什麼人經過這裡，八成走沒幾步，就會看到它是條死巷。

「看你的樣子，好像有什麼不滿？」

「不敢。」

小千哼了一聲。

就在這個時候，她忽然停下腳步。

「怎麼啦？」

小千指向前方，「喂，你看，那裡是不是有人？」

我順著小千手指的方向看去，發現一群人擋在我們的去路前。

我馬上嘖了一聲，因為那群人看起來像是不良少年。

「我們是不是別走這條路比較好？」我建議道。

小千搖了搖頭，「你看！那些傢伙好像在做壞事。」

我瞇起眼仔細一看，這下可不得了！

陰暗的小巷裡，那些穿著千奇百怪、頭髮顏色五彩繽紛，然後臉上充斥著絕對稱不上溫良和藹表情的不良少年，正把兩名妙齡女子團團圍住。

「喂！不要這個樣子嘛！我只不過是想請兩位小姐一起吃頓飯，何必這麼掃興呢？」不良少年們用讓人感到極不愉快的語氣騷擾著她們。

「喂！你們這些傢伙，在幹什麼？」

小千發出怒吼，奮力地拔腿往前衝。

她的速度太快，我甚至連阻止的機會都沒有，只能在後面苦著臉大喊：「小千？哇啊，妳要做什麼？不要那麼莽撞啊！」

「還不快住手？」小千大喝。

聽到小千的喊聲，有幾個不良少年轉過頭。

「咦，這是哪來的母老虎，嗚哇！」

小、小千！

不知小千哪裡來的勇氣，徑直朝著其中一人的小腿踹了下去。

啊啊！雖然見義勇為很好，但小千妳可別熱血衝腦失去理智啊！

那名不良少年抱著腿，大聲哀號著又蹦又跳，他的夥伴立刻轉過身，表情凶神惡煞，一起向著小千進攻。

不，就算小千的體育神經再怎麼好，也不可能同時面對五個大男人吧！

小千左閃右避，躲過了從正面攻過來的好幾拳，可是暗箭難防，還是被人從後方抓住了。

「放開我！」

小千使勁掙扎，可是毫無效果。

不好了，這下被包圍的對象換成小千了。

「臭女人，讓妳看看我的厲害！」被小千踹了一腳的不良少年高高舉起拳頭。

小千掙脫不開束縛，只能倔強地看著對方的拳頭逼近，就在這時——

「嗶嗶嗶嗶——」

我拿出了備用的哨子，尖銳的哨音立刻響徹整條小巷。

我連忙趁機大喊：「救命啊！有人要欺負女生啊！」

「咦，什麼，喂！那個傢伙，阻止他！」不良少年發現了我，紛紛指著我大叫。

我冷靜地看著衝過來的不良少年，輕鬆閃過攻擊，接著敏捷地把他們甩翻在地。

「滾開！」

我衝向抓著小千的傢伙，可是出乎意料地，原本被不良少年們圍住的那兩名女子突然展開了動作，迅速靠近不良少年的身邊，三兩下就將他們統統打倒。

我吃驚地張大了嘴，不自覺放慢腳步。

不過這時，附近的房子傳來了居民們的聲音。

「誰啊，這麼吵？」

「外面是不是有什麼騷動？老婆，趕快報警！」

果然製造出這麼大的騷亂，居民們不可能視而不見。

這下輪到不良少年緊張了。

「警、警察？」

看來這兩個字對他們來說很敏感的樣子，臉上全露出了慌恐神情。

「這下不好了，我們快走吧！」

「那這女人呢？」

「沒看到這幾個傢伙不好惹，還管她做什麼，難道你想被警察抓嗎？」

倒在地上的不良少年不顧一切地爬起，背對著我，頭也不回地逃跑了。

嘿！這群不良少年，沒什麼打架本領，溜的時候倒是比誰都快。他們只不過是一群烏合之眾，一旦被打敗了，就爭先恐後地朝著巷子口衝去。

我拍了拍衣服，走向小千和兩名女子。

「呼……呼……謝謝你啦，姚子賢。」小千揉著手臂說。

我上前關心她的情況，只見手臂上被捏出了幾條紅印。

天啊！真是些不懂得憐香惜玉的傢伙，不過幸好小千沒有其他地方受傷。

「還好你急中生智，知道要吹哨子。」

「下次就不一定會這麼幸運了，小千，妳以後如果還是這麼莽撞，肯定會惹上更多麻煩的。」

大概是知道自己理虧，小千沒有反駁，而是略顯愧色地點了點頭。看見她這副模樣，我也不好意思再繼續責備她了。

唉！算了，如果小千聽得進別人的規勸，那就不是小千了。總是如此直率，也是小千可愛的地方。

我幫忙小千拍掉她身上的灰塵，赫然想到應該也要關心那兩名女子的狀況，然而當我轉過頭去，發現她們一點都沒有受到驚嚇的樣子，神色冷靜，甚至可以說是泰然自若……

我原本以為一般女性遇到了這種事，應該會嚇得花容失色、說不出話來才對，可是她們只是安安靜靜地整理衣服，連眉頭都沒皺一下。

呃，仔細一看，這兩名女子似乎是外國人？她們有著明顯不同於本國人的面孔，五官精緻挺拔，不但身材高䠷，就連髮色也是罕見的金色。她們的衣著跟本國人的打扮風格不太一樣，不知道她們聽不聽得懂中文？

我走上前，朝一名正在清理褲管的女性伸出了手，問道：「兩位還好嗎？」

「多管閒事。就算沒有你們，我們也不會有什麼問題。」

嗚哇！口音很標準，語氣卻不太友善，她甚至還瞪了我一眼。

「不可無禮，這兩位也算是我們的救命恩人。」另一名女性敲了敲夥伴的腦袋，把她拉到後面去，接著滿懷歉意地對我們說：「真抱歉，她不太懂事，還請你們多多海涵。」

「沒事的。」我微微一笑說道，「這裡的小巷不太平靜，時常有不良分子聚集逗留，建議妳們還是走大馬路比較安全。這次我們是在前往商店街的路上正巧經過，否則也沒辦法幫妳們解危。」

沒想到女子居然開玩笑地說：「比起你們鎮上最有名的黑暗星雲來說，這些不良少年應該不算什麼吧？」

我愣了一愣，「妳們居然知道黑暗星雲？」

「那當然，繁星騎警跟黑暗星雲非常有名，附近的城鎮都有所耳聞。」女子自然地說道：「這兩者是你們鎮上的特產不是嗎？」

特、特產？我張大了嘴，抓抓自己的後腦勺。

這還真是讓人哭笑不得啊！沒想到我們這樣的純樸小鎮，居然會因為侵略組織和小鎮英雄而聲名遠播？

不過黑暗星雲可不是什麼無害的組織啊，這兩位異鄉人是不是有點搞不清楚狀況？我看她們好像是來觀光旅遊的。

「所以妳們是觀光客嗎？」小千熱心地問道，「有沒有需要我們幫忙的地方？我們是當地人，鎮上不管哪裡我們都很熟喔！」

比較客氣的那名女子遲疑了一下，說：「呃……也算是啦。其實我們是來尋人的。」

原來是來探訪親友的啊。

「你們知道黑暗星雲的位置在哪裡嗎？」

「黑暗星雲？」小千詫異地說，「我們怎麼可能知道，要是知道的話，還不一把火把它給燒了？那些傢伙把我們害得那麼慘，大家都恨得牙癢癢的咧。」

可是我知道唷！不過，我現在更在意的卻是另一件事。

「說得也是。」女子苦笑了一下。

「妳們要找的人在黑暗星雲？」

兩名女子互看一眼，連忙揮手澄清說：「當然不是，只是出自觀光客的好奇而已。謝謝你們的好意，我們應該能夠自己找到目標，完成任務。」

任務？外國人的用語還真是奇特啊，小千和我面面相覷。

「祝妳們好運。如果真的找到了黑暗星雲，別忘了通知我們喔。」

「謝謝。」女子笑了一笑，「對了，為了感謝兩位的相助，請讓我們送你們一份禮物。」

女子說完，從她身後的旅行袋中拿出兩枚奇特的物品。說是奇特，是因為她拿在手上的那兩樣東西，很難用言語形容。

「請你們收下，這是我們特別製作的護身符。」女子說。

護身符，什麼護身符？

女子接下來似乎又解說了一下手上的東西，不過我們的注意力早已被護身符吸引，根本沒在聽她說話。

「嗚哇～」

小千發出了讚嘆，我卻是被震撼得完全講不出話。

我從來沒看過這樣的東西。

在玻璃製成的小小圓球中，飄浮著上下紛飛、晶瑩變幻的藍色雪花，有一顆雪花特別大，看起來像是雪的結晶般，固定飄浮在正中央不動，不停散發出深淺不一的藍色光線。

「好漂亮喔……」小千喃喃地說道。

女子笑著把護身符放到小千手中，小千馬上舉起它，像是想把它看穿似地從裡到外看了個遍，可是除了那些跳動的雪花，玻璃圓球裡什麼也沒有。

我同樣拿起玻璃球仔細觀察，當然，任憑我怎麼端詳，也無法猜到它究竟是用了什麼原理。

「這是怎麼做的？裡頭究竟有什麼機關啊？」我不禁問道。

兩名女子露出了諱莫如深的神情，並未回答我的疑問。

「難道妳們是科學家？」小千崇拜地看著她們，「這個是不是還沒有上市發表的最新高科技產品？」

「哼！拜託不要問這種蠢問題。」

「妳說對了唷。」

面對小千的問題，兩人採取了完全不一樣的反應。

小千拿起我們的玻璃球放在一起，「嘻嘻，姚子賢你看，是成對的耶！」

這看來奇特的小玩具真的很對她的胃口。

對方看小千這副模樣，也跟著微笑。

「只要兩位喜歡，那就再好不過了。我們接下來還有事，先向兩位告辭。對了，剛才你們說想要去商店街對吧？繼續沿著這條小巷走，就可以抵達囉。」

小千馬上朝我望了過來，「嘿嘿！我就說吧！」

這只不過是瞎貓碰到死耗子罷了。

我聳了聳肩。

PRODUCTION

姐姐是地球英雄，弟弟我是侵略者幹部

# 邪惡侵略者的巧克力大騷亂

04

告別兩名女子後，我們很快就走到了小巷子盡頭，抵達商店街。

呼～終於能在開闊的大馬路上昂首闊步，看見熟悉的街景而不必擔心迷路，原來是一件如此令人高興的事情。

我們並肩走在一純鎮繁華的商店街上，哇！這裡真的是熱鬧滾滾，滿滿的都是遊人。

沿路兩旁的店家，有的在窗邊掛起槲寄生，有的在門外推出耶誕樹，還有隨處點綴著的雪人、紅襪、薑餅屋，無處不洋溢著歡欣喜慶的佳節氣氛。倘若這時候天上撒下一點雪花，那韻味就跟電影裡的情節完全沒什麼差別了。

「哇啊，真的很有耶誕節的感覺耶！」

不只商店街的裝飾非常具有耶誕氣息，街上不時出現相互依偎的情侶，看起來格外濃情蜜意，這也是佳節的一大特色。

只是每當看見那些情侶，小千就會看著我，然後意味不明地嘆氣。

不知為何，小千的嘆息聲帶給我很大的壓力，我只好趕緊轉移她的注意力。

「呃……我們還是趕快看看櫥窗裡有賣什麼，選一樣東西給姐姐吧！」

不過一純商店街販售的商品，與別的地方的耶誕商品可說是大相逕庭。

「來喔！快來吃好吃的繁星騎警雪花糕，繁星騎警造型，別的地方買不到喔！」

「僅此一家，繁星騎警蛋糕新鮮出爐，我們的耶誕蛋糕是繁星騎警的面具造型唷！」

「應景的黑暗星雲巧克力，熱騰騰的巧克力，黑暗星雲怪人的最愛！」

天呀！沒想到這些商人居然打出繁星騎警的名號當宣傳。小鎮的英雄不但要守護居民的平安，還順便成了振興地方經濟的萬靈丹，責任真是重大。

在歡樂氣氛的推波助瀾之下，店員們比平時更加賣力推銷，抓準了耶誕節前夕活絡的買氣，好像不把遊客的口袋掏空誓不罷休。

五花八門的商品看得我們目不暇給。嗚哇！我深刻地感受到兩側的商店簡直是魔性的寶窟，嚴重考驗我們的意志力和錢包的耐力。

「看了這麼多東西，我都要眼花撩亂了。」

「嗯，對啊！姚子賢，我看你還是抓緊我的手好了，免得我等等一個意志不堅就跑進去了。」小千開玩笑地說著。

「不要緊，萬一妳真的困在店裡頭出不來，繁星騎警也會來救妳的。」我打趣地說道。

就連路上發送傳單與試吃品的店員們也十分搶眼——不知道這世上還有哪個地方的推銷員會穿著披風、緊身衣跟護甲？這些穿著繁星騎警戰袍，同時戴著耶誕老人大紅色帽子的店員，實在是讓人無法移開視線。

在這群簡直像是在慶祝繁星騎警萬聖節的人群中，有兩個站在路邊的人特別顯眼……

「黑暗星雲巧克力，限時搶購，買一送一，要買要快喔！」

有兩名推銷員與眾人格格不入，竟然販售黑暗星雲的商品，只不過，他們的生意看起來不怎麼好。

「怎麼都沒人來買呢？來啦來啦，鄉親父老兄弟姐妹們，最好吃的黑暗星雲巧克力，買一送……要我送你十個都沒問題啦，只要能夠賣得出去，嗚嗚……」

「哎呀！這位小姐，妳要不要買一份巧克……」

「滾開，別拿你的髒手摸我的裙子！」

啪砰！路過的小姐一拳打在推銷員臉上。

我嚇得下巴都快掉下來了，那、那兩個傢伙，不正是我所熟識的人嗎？我匆匆趕到兩人身邊。

「幻象隊長、萬智博士，你們怎麼會在這裡？」

大街上公然兜售黑暗星雲相關產品的，竟然就是幻象隊長與萬智博士。

天啊！還好他們混在一大群奇裝異服的店員之中，才沒被過往的行人認出身分，不然問題就大了。

「帥哥你想要買點黑暗星雲巧克力嗎？」

萬智博士高興地拿出被他稱作是「巧克力」的東西。不過，萬智博士的「巧克力」又濃又稠，而且散發著怪異的氣味，簡直就是黑色的鼻涕。

噁！難怪根本賣不出去，光是氣味就讓我忍不住倒退三步，看了模樣還要再退三步。

「哈哈！等了老半天，終於有識貨的顧客上門了，我們的巧克力很便宜的喲！」

沒等我答應要買，萬智博士就興高采烈地將巧克力塞進我的手裡，一旁的幻象隊長卻突然出聲打斷。

「不對，博士你等一下！」

幻象隊長用警戒的目光上下打量著我。

「喂！你怎麼會知道我們的名字？」

「咦？」

啊！對了，我現在沒戴面具，他們當然不可能知道我就是厄影參謀。怎麼辦呢？

我急中生智，連忙說道：「那個，我當然知道你們是誰，因為我是你們兩位的粉絲呀！」

「粉絲？」幻象隊長挑了挑眉，用著奇異的目光注視著我。

慘了，難道他不相信？

「沒、沒錯，就是粉……」

我話還沒講完，幻象隊長忽然衝到我的面前。

「是粉絲耶！哇哈，博士你聽到沒有？我們也有粉絲了耶！」

幻想隊長面具底下的兩隻眼睛閃閃發亮，同時用力握住了我的雙手，十分熱情地上下搖晃。

一旁，我看見萬智博士偷偷地拭淚。

「沒錯沒錯，就是你們的粉絲。兩位是黑暗星雲的重量級人物，你們超有名的！這個小鎮的居民誰不知道你們的名號啊？」

為了轉移他們的注意力，我趕緊從口袋裡掏出錢包，「今天能夠跟我心目中的偶像說話真是太榮幸了，為了表示我對兩位的支持，我就跟你們買一塊巧克力吧。」

我雖然笑著接過了巧克力，腦袋裡卻不禁苦惱起來。

要我把這個東西吃下去？我絕對辦不到！光是賣相就這麼恐怖了，哪能期待它的口味好到哪裡去？

可是如果隨便丟掉，萬一不小心被流浪漢撿去吃，我不就成了間接的加害者了？如果丟進水裡，好像也有可能害死水裡的魚……

我沉痛地看著幻象隊長和萬智博士，他們一點也不明白我內心的掙扎，反而像是得到了全世界最珍貴的寶物一樣，喜形於色地在街上手舞足蹈。

「真是太棒啦！謝天謝地，謝謝大魔王陛下啊！賣了一整天，總算等到一個顧客上門了。」

這兩人竟手勾著手，開始在大街上跳起奇怪的舞，就像是一輩子從來沒看過錢幣的模樣，翻來覆去地摸著我給的那枚五十元硬幣，一點也不嫌煩，甚至還用袖口把它擦得亮晶晶。

我趁機問道：「像兩位這樣的大忙人，怎麼會跑到街上賣巧克力呢？」

萬智博士長嘆一口氣，邊拿下眼鏡擦拭邊抽抽噎噎地說道：「唉！說起來真是感嘆，要是沒上街出來賣這些東西，我們恐怕連怪人的研究經費都拿不出來囉，想起我那個天智學妹啊，我……」

「哇啊！博士，大街上不可以談論這種事情啊！噓，噓！博士……噓！」

幻象隊長拚命對萬智博士使眼色。

「喔喔，我差點忘了，這裡不是可以說這些話的地方。」

還好他及時恢復理智，不然要是繼續在大街上把祕密都說出來，就有點不太妙了……

我嚇得臉色一陣青一陣白，連忙看了看四周，還好周圍的人都當萬智博士在胡言亂語，若無其事地走了過去。

就在我打算問更多問題的時候，小千一臉不開心地追了上來。

「喂！姚子賢，你幹嘛一聲不響地突然跑開？害我以為把你搞丟了。咦，你是在買巧克力嗎？」

「嘿！這位小姐，好吃的黑暗星雲巧克力喔，要不要買一塊啊？」萬智博士逮到機會急忙上前推銷。

「黑暗星雲巧克力？好奇怪的名字，讓我看看……」

小千把頭湊上前，不一會兒馬上誇張地大叫一聲：「天啊！好噁心的味道，這是從哪塊地上挖起來的爛泥巴啊？」

「沒有禮貌！」萬智博士氣得直打哆嗦，指控道：「妳這個沒有眼光的丫頭不要在這裡胡言亂語，這可是我混雜了七七四十九種化學材料精心製造而成、全世界絕無僅有的超級工學巧克力，這種希世的味道怎麼可能會不好聞？」

「那味道明明就不像是給人吃的東西，不然，你自己願意吃下去嗎？」

「誰說不可以，我這就吃給妳看！」萬智博士一邊大罵著「混帳東西」，一邊拆開了巧克力的包裝。

「博士，等一下，不要想不開啊！」

幻象隊長慌忙地阻擋，但是已經來不及了，萬智博士豪邁地將巧克力扔進嘴裡。

不，一切已經太遲了。

吞下巧克力的那一瞬間，萬智博士同時一聲不吭地往後倒下。

一群剛好路過的女孩馬上尖叫了起來。

「嗚哇！死人啦！」

「那邊有人口吐白沫！」

萬智博士命在旦夕，而女孩的尖叫、幻象隊長的高喊，同時響徹了整條大街，人群頓時騷動起來。

「救命，快打119，快來人呀！」

「有人死掉啦，媽媽！」

「嗚哇好恐怖！你看他還在抽搐。」

事發現場的人們驚慌失措地想要遠離，可是更遠處一邊喊著好恐怖一邊拿出智慧型手機拚命拍照的人，卻爭先恐後地擠來。黑壓壓的人群叫著、喧鬧著，形成了巨大的漩渦，亂成一片。

就在我們愕然的霎時之間，場面徹底失控了。

而身在風暴當中的我和小千這下就遭了殃，有人急著想出去，有人急著想進來，我們則一直被推擠擦撞，差點就要失散了。

「哇啊！救命啊，姚子賢！」

糟糕！

「小千，快拉住我的手！」我勉強擠開人群，奮力地握住小千的手，把她拉向自己身旁。

「哇啊！救命啊，學長……咦，不對，學長又不在這裡，我為什麼要叫你學長？」

被人群推擠得快要不成人形的幻象隊長發出大聲哀號。

我忍痛望著身陷狂亂的群眾之中的幻象隊長，他最後對我投來一道淒切的眼神，彷彿在問我：「那我呢？」隨即被雜沓的人群所吞沒。

「這裡太危險了，我們快點離開這裡吧！」

因為怕再出意外，我緊緊握住小千的手不放開，盡了我最大的力量抵抗著失控的人群，終於從中擠出一條可以離開的路。

「唉，本來要替姐姐挑選耶誕禮物的，結果完全沒有買到……」

不僅此行的目的沒有達成，還因為那場混亂弄得我渾身肌肉痠痛。

「不要再抱怨了，會發生這種事情又不是你我的錯，只能說人算不如天算。」

「唉……可是……」

「好了啦，姚子賢，看你這麼難過的樣子，我就不瞞著你了，大方告訴你一個特別的消息吧。」

「咦，什麼消息？」我抬起頭來看著小千。

「你知道嗎，一純百貨公司今年打算在門口擺一棵五層樓高的大耶誕樹，據說已經被報紙評選為耶誕節必去的景點之一囉！」

「五、五層樓！」

我忍不住驚呼出來，那可真是壯觀啊！

「這也太誇張了吧！」

「聽說是特地從國外進口，慶祝他們週年慶的活動。這棵耶誕樹會掛上滿滿的漂亮裝飾，當天晚上還會開放燈光水舞秀，以及一連串的慶祝活動。姚子賢，假如你真的很想給小實姐一個難忘的耶誕節，你就約她出去啊！一起去看耶誕樹吧！」

我眨了眨眼，心裡震撼不已。

「好像……好像很有道理耶！哇啊，小千，謝謝妳告訴我這件事，妳對我真是太好了。」

我高興得跳了起來，牽住小千的手，表達我有如滔滔江水的感激。

小千羞赧地別過頭，喃喃自語著：「唉……笨蛋姚子賢，其實……本來我是想跟你一起去看的……」

後面的聲音細如蚊蚋，我漸漸地聽不清楚，就算我豎起耳朵，小千的聲音依然細不可聞。

「妳說什麼？」

「沒有什麼啦！」小千不耐煩地說：「真正想嘆氣的人應該是我吧！我就是心腸太軟，才老是被你吃得死死的，可惡！」

小千甩開我的手。

咦，我又是哪裡惹到小千了？我頓時不知所措，小心翼翼地觀察小千的臉色，不過還好，她很快就恢復了正常神色。

「我們走吧！」

「啊，要去哪裡？」

「當然是回家啊！天色都這麼晚了。」

我抬頭看看天空，夕陽已完全沉入地平線，一切的色彩彷彿全已燃燒殆盡，我們的頭頂上被夜晚之神抹成了深靛色，而在這張名為天空的巨大畫布上，灑滿了無數閃亮純銀的星星及明月。

彷彿是不想讓星辰專美於前，街燈也一盞一盞地亮起，在蜿蜒起伏的街上猶如一條跳舞的美麗彩帶。

看著眼前如詩如畫的景色，讓人不禁想道：這麼美好的地方，究竟為什麼會有人來侵略呢？或者，正是因為它太美麗了，才讓人忍不住心生獨占的念頭？

小千同樣若有感觸地說：「姚子賢你看，這麼平靜美好的小鎮，為什麼會有人想來侵略呢？黑暗星雲的那些人到底是怎麼想的？」

「……我想，或許連他們自己也不知道吧！」我回答。

小千望了我一眼，看來不怎麼滿意我的答案。

但是某種程度而言，我也算說了實話。因為這個問題，即使是身為黑暗星雲幹部的我也無法回答。

或許，一個沒有答案的答案，就是最正確的解答吧。

PRODUCTION

姐姐是地球英雄，弟弟我是侵略者幹部

# 姐姐不在身邊的耶誕樹

05

我帶著滿身的疲憊回到家，在門口和小千道別。

家裡散發出溫暖的燈光，彷彿連心都跟著溫熱起來，不知道媽媽是不是已經煮好晚餐等著我們回來了呢？

「我回來囉！今天的晚餐吃什麼呀？」

我滿心期待地打開門，卻看見爸爸和媽媽同時待在客廳，而沙發的另一邊則坐著一對衣裝筆挺的男女。

「有客人嗎？」還真是難得。

「嗯嗯，爸爸媽媽在跟他們談一些事，姚子賢，你先回房間讀書吧！」

我點了點頭，經過之際不忘偷偷看了他們一眼，只見桌上攤著滿滿的紙張，看樣子應該是報表還有廣告文宣。

當走上樓梯時，依稀聽見了從客廳傳來的對話聲。

「我這個孩子一點都不需要人擔心，他可是全校第一名喔！」媽媽自豪地說，但隨即換成了帶著濃濃憂慮的聲音，「我的女兒就很讓人煩惱，不管我怎麼說她，她的成績還是一點起色都沒有。」

做父母的最喜歡和別人說子女的成績，所以我也沒有多想，逕自回到了房間。

過了不久，我聽見大門關上的聲音，應該是客人離開了，接著媽媽立刻叫我過去：「姚子賢，你下來一下。」

我放下書本，來到客廳。「有什麼事嗎？剛剛的客人是誰啊？」

「是補習班的推銷人員。」

「補習班？」我睜大了眼。

爸爸嘆息一聲，重重地坐到沙發上。

「咦，發生什麼事了嗎？」

「唉！現在都這麼晚了……晚餐的事還是等一下再說吧！」媽媽說：「去把你姐姐挖起來。」

「姐姐怎麼了嗎？」

「去就對了。」

媽媽的表情非常嚴肅，又好像帶著深深的疲憊，我不敢違抗，只好快快上樓。

姐姐房間的燈光暗著，我輕輕地打開門。

裡頭傳來的鼾聲既平緩又輕微，姐姐正在熟睡中。

「姐姐，姐姐？」我輕聲呼喚了幾次，都沒有回應，「我要開燈了喔！」

我把燈打開，刺眼的光線亮起，姐姐呻吟了幾聲才睡眼惺忪地拉開棉被。

「咦？哎！誰啊？」

「姐姐，下去……吃晚餐了。」

我考慮再三，依舊不敢告訴姐姐實話。

只要是有關課業、補習、成績單之類的詞語，都會讓姐姐的心情一下子跌進谷底，所以平常我都盡量避免提到。

姐姐還在賴床，似乎不想離開溫暖的棉被，掙扎一陣子後，才勉強坐起上半身。可是她的眼睛還沒有完全睜開，就在房間裡頭東摸摸西找找的，一下子以後又放棄了。

「嗯～嗯～」

我看不下去，只好幫她把丟得滿地的便服拿了過來。

「姐姐，起床換衣服了。」

姐姐完全沒有睡醒，乾脆再次閉上眼，接著把兩條手臂朝我伸直。

這個是……哎呀！看來我得義不容辭地接下這個任務了。

為了替姐姐換衣服，必須得幫她脫掉身上的睡衣才行，唔……這個部分比較麻煩，因為每當觸碰到姐姐那嫩滑得猶如凝脂的肌膚時，不知為何我就會全身使不上力，不過要是拖拖拉拉的話，姐姐就要感冒了，我趕緊穩定心神，幫姐姐套上衣服。

然後是褲子……睡褲也要換掉吧？我究竟該如何是好？

姐姐一副完全不想動彈的模樣，我只好抓著牛仔褲，主動鑽進了棉被裡頭。

「嗚哇，好黑啊！」

棉被裡頭伸手不見五指，我伸手自行摸索，嗯……這個地方應該是小腿，上面這軟綿綿的是大腿吧！好想再多摸一下，呃……那再上去呢？

「唔啊，姚子賢，你在摸哪裡？」

「啊，對不起，姐姐！我這就幫妳換褲子。」

我感覺到臉頰火辣辣地發燙起來，趕快幫姐姐脫掉睡褲，嗯、嗯，好了。

可是在套上褲子時，卻不小心被姐姐多踢了兩腳。哎唷，我發誓，我真的沒有故意多捏了姐姐的屁股兩下，那是不小心碰到的！要穿上褲子，屁股總是要抬起來吧？

不管怎樣，衣服總算換完了，我連滾帶爬地下了床。

「呼啊～今天的晚餐吃什麼？」

姐姐打了一個哈欠，終於肯離開床鋪，不過她第一件關心的事依舊跟肚子有關。

「我不知道，一起下樓去看吧。」

姐姐點點頭，還是一副慵懶的呆樣，我很怕她會突然倒回床上睡覺，幸好這樣的事情終究沒有發生。

我跟在姐姐的後面下樓，只不過，每走下一階階梯，我的心情就多一分沉重。依爸爸媽媽剛才的神色判斷，他們打算向姐姐說的恐怕不是好消息。

「爸爸，媽媽，呼～啊，晚餐吃什麼呀？」

「晚餐待會再吃，姚子實，爸爸媽媽有件很重要的事要跟妳說。」

「什麼事？」姐姐坐上沙發，好奇地問道。

爸爸似乎覺得有些難以啟齒，但還是開口了：「是這樣的，子實，爸爸媽媽決定讓妳去補習。」

「什麼？」姐姐睜大雙眼大叫：「補習？」

補習？為什麼會是補習？

「爸爸媽媽剛剛和補習班老師談過了，妳今年是大考考生，成績卻一直沒有起色，再這樣下去不是辦法。為了妳的將來，爸爸媽媽想送妳去補習班，好好衝刺個半年，看看能不能讓妳上個比較好的大學。」

「媽，妳在說什麼啊？我不要去補習啦！」姐姐哀號，「補習很辛苦耶。」

「再辛苦也比將來吃苦來得好，況且只是要妳去一陣子而已。」

「可是，如果每天放學後都去補習班，那我要怎麼隨時預備迎擊黑暗星雲啊？難道我要跟怪人說：『不好意思喔，麻煩你們今天不要侵略小鎮，因為我要補習……』他們會體諒我才怪！」

「妳不用擔心。」爸爸接口說：「我已經跟母星報備過，這段期間會有一位駐紮在鄰近星系的晚輩來代班，一直到妳考試結束。」

姐姐鼓起雙頰，「這件事你們完全沒有跟我討論……」

「現在不就是在跟妳討論嗎？」

「這才不是討論，你們只是在強迫我聽話而已。」姐姐大力地搖頭，「我不管，我才不要補習。」

「姚子實！」媽媽嚴厲地說：「這是為了妳未來的人生，不准任性！」

姐姐慌張地看著我，試圖向我求助。

「爸、媽，你們不要這樣，讀書這件事，交給我來就好。以後我會努力賺錢，養姐姐一輩子的。」我馬上跳出來打圓場，「我以後會加倍認真讀書，一定不會讓姐姐吃苦。真的，我保證。」

「姚子實，妳聽到妳弟弟說什麼了吧？妳現在不努力，難不成打算綁住妳弟弟一輩子嗎？」

我急忙說：「我、我很願意被姐姐綁住啊！」

「別吵，姚子賢你安靜。」媽媽瞪了我一眼，回過頭看著姐姐，「姚子實，現在我們討論的不只是妳自己，還有妳弟弟的人生啊！好了，妳的想法是什麼？」

雖然媽媽說的是疑問句，然而我想姐姐也明白，媽媽心裡想聽的答案只有一個，根本不會接受其他答案。

這不過是假藉民主之名行獨裁之實，許多父母、老師都會這樣做。

我無能為力，只能擔憂地望著姐姐。

聽完媽媽的話以後，姐姐考慮了許久，最後，一邊顫抖著一邊忐忑不安地說：「我……我……我想要做的是……是繁星騎警，是γ-12星的銀河特警啊媽媽。」

這算是姐姐的最後掙扎嗎？果然，媽媽的臉色一沉。

「妳說夠了沒有，都高中了怎麼還長不大？姚子實，妳要面對現實，不能老是活在夢想裡，銀河特警雖然是妳的責任，可是不能當飯吃啊！妳居住在地球，總要有個工作才能生活吧？」

「可是，我是γ-12星人，我才不要做地球的工作。」

「子實，妳錯了，γ-12星不會供應妳在地球的生活所需，媽媽的看法是對的。」

「爸！」姐姐轉過頭看著爸爸，「怎麼連你也這樣？」

「我不得不同意妳媽媽的話，子實。」

爸爸臉上露出沉痛而堅決的神情，「雖然妳是γ-12星人，可是別忘了，妳身上同時流著地球人的血。我們應該尊重地球人的文化與生活方式，就算妳在別的行星擔任多重要的職務，也不能改變這一點，這次我沒辦法幫妳。」

同為γ-12星人，爸爸往常總是為姐姐說話，但這一次，就連爸爸都站在媽媽那邊了。

姐姐不再答話，咬著嘴唇看向爸爸媽媽，纖細的身子不停地顫抖，像在隱忍著內心激烈的情緒。

怎麼辦，姐姐會妥協嗎？我心疼地看著姐姐。

可是出乎意料地，當姐姐終於開口時，她的聲音卻異常平靜。

「我知道了，今天不管我說什麼，你們都不可能聽進去的。反正你們一開始就已經決定好了，不需要我的意見，而我真正的想法，你們根本不在乎！」

姐姐突然站了起來，「我想成為繁星騎警，我就是繁星騎警！」

說時遲那時快，姐姐忽然轉身跑上樓。

「姚子實，妳要去哪裡？」

媽媽邊高聲說著邊站了起來，和我一齊追了上去。

可是當我們追到二樓時，姐姐的房門卻在我們面前緊緊關起，砰！接著喀啦一聲！門上鎖了？

媽媽用力地敲門，「姚子實開門，不要亂發脾氣。」

可是任憑媽媽怎樣呼喊，裡頭都無人應聲。

「讓開一下。」爸爸這時趕過來了，手上拿著房間鑰匙。

爸爸媽媽迅速解開門鎖，把門推開，可是房間裡卻是暗的，什麼人也沒有。

媽媽驚呼道：「啊！窗戶！」

我順著她舉起來的指尖往前看，不由得吃了一驚。

白色窗簾正隨著透進來的凜冽夜風，不斷地翻飛飄蕩，發出獵獵聲響，姐姐房間的窗戶竟是打開的。

我衝到窗邊一看，只見一條身影迅速地穿過家門前的馬路，漸漸遠離。

「姚子實離家出走了！」媽媽叫道：「等等，子賢你要去哪裡？」

我顧不得回應媽媽，馬上衝下樓梯，就連自己家的大門，此刻我也覺得異常礙事，猛地把它踢開。

呼呼～外頭的寒風猛烈地吹襲著。

我衝到車庫裡頭，隨即因為眼前所見的景象而心頭一沉。

翔空流星號不見了。

肯定是被姐姐騎走了。姐姐不會騎機車，也還不能考駕照，只能用腳踏車代步。

我衝出庭院，但是街上空空蕩蕩。

當然什麼也不會有的，因為姐姐一旦認真騎起車，就算是腳踏車也能以一八〇公里的速度在路上狂飆。

就在這時，我聽見有人呼喚我的名字。

「喂！怎麼回事？姚子賢，你們家在吵什麼啊？」我抬起頭，發現小千從她家二樓窗口探出頭來，眼中盡是納悶神色，「我剛剛看見小實姐騎著腳踏車出門，這麼晚了她是要去哪裡？

發生什麼事了嗎？」

該不該讓小千知道這件事呢？

「姐姐離家出走了。」

我勉強從牙縫中擠出這句話。

「什麼？小實姐她……那你又要去哪裡？」

這還用說嗎？

「我要去找她！」

「天啊，等、等一下，姚子賢，難道你打算只用兩隻腳去追小實姐嗎？站在那裡等一下！」

小千說完馬上把頭縮了回去。

搞什麼東西！事到如今，我還有時間浪費嗎？我可沒有這種閒情逸致了。

就在我準備動身之際，換上厚重羽絨外套的小千匆匆忙忙地趕出來，而且還帶著一樣讓我十分驚奇的東西。

「上來吧！」

「妳說這個？」

「廢話！」小千不耐煩地道：「既然小實姐騎了腳踏車出去，我們也該用腳踏車來追啊！別拖拖拉拉了，還是你要載我？」

確實，我們沒有時間在這點小事上爭辯了，我趕快坐上腳踏車後座。

小千的車款不是優雅的淑女車，而是一臺擁有多段變速、效能卓越的越野腳踏車。

她用力踩著腳踏板，腳踏車發出了怒吼，以極快的速度呼嘯著切過了夜風。

冰冷的夜風！

蒼白如蠟的街燈光線！

和我們兩人被拉得長長的身影！

「到底是發生什麼事？」

「姐姐和爸爸媽媽吵架，所以就跑出去了。」在逆風中，我必須用喊的才能讓小千聽清楚我說的話。

「該死，會不會是受到小綾之前逃家的影響啊！」小千碎碎念著，「喂！小實姐最有可能去哪裡啊，你有沒有什麼頭緒？」

「我不知道！」感覺肚子裡像吞了個鉛塊似地，我說。

「連你也不知道，那我們要從何找起？」

我憤怒又懊惱地握緊了拳頭。是呀！如果連我也不知道，那我們到底該從哪裡找起？

小鎮說大不大、說小不小，可是若要在鎮裡找人，也是一件非常困難的事，根本是大海撈針。

不，就算大海撈針又怎麼樣？

「就算……就算翻遍每條街巷，我也要找到姐姐！」我艱難地說道。

小千回頭望了我一眼，我以為她又要罵我愚蠢，可是這次她沒有說話。

她沉默地凝望著前方，踩動踏板的速度變得更快了。

咻——咻——，兩側的街景一瞬間消失在身後，像是薄利刀刃般的冷空氣擦過我的臉頰，我卻絲毫不覺得寒冷。

我摸了摸心口，只覺得那裡每一處都比今夜的氣溫更加冰冷刺骨。

PRODUCTION

姐姐是地球英雄，弟弟我是侵略者幹部

# 繁星騎警的抉擇

06

我焦急地環顧四周，視線掃過每一位路人。

我相信憑我的眼力，即使是百萬人中的驚鴻一瞥，我也能準確無誤地找出姐姐。

可是無論我怎麼找，都找不到姐姐的身影。

「呼……呼……」奮力踩著腳踏車的小千疲憊地喘氣。

「還……還沒有找……找到嗎？」

「還沒有。」

「那……那好，我繼續騎……」

腳踏車的速度明顯地慢了下來，我清楚小千已經沒力了，忍不住說：「那個，換我來騎吧。」

「不……不用。」

小千現在連說話都很吃力，就算換到後座，我想她可能連抱住我的力氣都沒有了。

不能再讓她逞強下去，我連忙勸道：「我們還是休息一下吧。」

「可是，還沒有找到小實姐，姚子賢你……」

我搖了搖頭，「不管怎樣，還是先休息一下比較好，妳都快撐不下去了。總不可能找到了姐姐後，又要把妳扛回去吧？」

「好……好吧。」小千勉強同意。

於是我跳下了腳踏車，讓小千待在車上休息。

不過，此刻心中焦急如焚的我，哪可能有休息的興致？趁著這段時間，我繼續搜索著十字路口的人群，懷抱著一絲希望，也許能夠發現姐姐的蹤影。

只不過，這裡的人潮怎麼這麼多？

「這裡是哪裡？」

「姚子賢，你快看那邊！」

我順著小千手指的方向，看見了一棵極為巨大的耶誕樹，還有耶誕樹後面閃耀著無數霓虹燈、高聳挺拔直入夜空之中的白色鋼骨大樓。

「我們到了一純百貨公司啊！」

我驚嘆著，沒想到不知不覺，我們已經騎過了大半個小鎮。

這棵耶誕樹真的很漂亮。

真不知道他們是從哪裡找到這麼大棵的杉樹，想必幫它修整裝飾的工人們也費了不少心思吧。

樹上掛滿了繽紛奪目的金屬球、拐杖糖、彩帶，和許多我講也講不出來的節慶裝飾用品。多彩探照燈自底部向上照明，彷彿鑲嵌了無數華美寶石般的耶誕樹發出了燦爛耀眼的光芒，就像在與天空中的星辰競相爭輝。

製雪機在高空拋下細小的銀色紙屑，看起來就跟真的雪一樣，人潮在樹底下流連，小孩子們開心地在廣場上奔跑、歌唱、嬉鬧。

溫和的水柱從廣場上的注水孔冉冉升起，供孩子們嬉戲，我想如果到了水舞秀時，場景可能會更壯觀。

即使今天並不是耶誕節當晚，可是有這樣的美景，依舊吸引了不少人駐足觀看。

本來、本來我應該和姐姐一起來欣賞的……

可是此時姐姐不在身邊。

「姚子賢，找到小實姐了嗎？」

我搖搖頭。

小千牽著腳踏車靠近我，關心地問道：「你怎麼了？」

「沒什麼。」

「看你的表情好像很落寞的樣子。」

「咦！有嗎？也許是妳的錯覺吧！」我摸了摸自己的臉頰，難道我的表情很明顯嗎？

「沒什麼啦，妳看，這棵耶誕樹真的很漂亮……」

「你在想念姐姐吧？」小千寂寞地微笑，「你在想什麼，我全都知道的。」

「嗯……抱歉，真的像妳說的那樣，我在想姐姐沒錯。」

「呵，這是一定的。只不過，像這麼美好的場景，是我陪在你的身邊，難道就不可以嗎？」

「咦？」

我轉頭看向小千。

小千的問題讓我覺得心臟彷彿被猛然衝擊了一下，這時候，我究竟該怎麼回答？

就在我思索時，耳邊寂靜祥和的氛圍，突然被一陣驚恐尖銳的吶喊聲撕裂。

接著轟的一聲，劇烈的爆炸聲幾乎要震破我的耳膜！

與此同時，眼前突然閃過一陣強光，亮如白晝，所有的景物都閃耀起來，刺眼得讓人睜不開眼。

我第一時間衝到小千身旁，將她護在懷裡。

「呃啊！」一股猛烈的波動自後方襲來，震盪著我的背骨，我首次體會到什麼叫做五內如殛的感覺。

我們搞不清楚到底發生了什麼事，然而四處充斥著恐懼的尖叫，人們神色慌張地逃竄。

大馬路上瞬間交通大亂，驚散的人群完全無視號誌。最可怕的是，這些人全都朝著我們衝了過來，我和小千在這片混亂中，險險被撞倒在地。

可惡，如果這時候被撞倒在地，肯定會被混亂的人群踩死，無論如何我都要保護小千才行。

「小千，抓住我的手！」

可惡，今天怎麼到處都是這種混亂場面？

倉促間，我只能奮力抓住小千的手，保護她不被人們推擠而受傷。

人群間爆發出驚慌失措的呼喊：

「百貨公司爆炸啦！」

「救命啊，快逃啊！」

街上的狀況非常混亂，在我們前方不遠處，百貨公司的高樓層處升起了巨大的黑色濃煙，空氣中瀰漫著一股十分嗆鼻的氣味。

匡匡！大樓的玻璃窗破碎，從裡面不斷竄出火舌，逐漸向更高的地方延燒。著火的碎片像火流星般地飛向廣場各處，霎時哀鴻遍野。

這、這種破壞程度……

「姚、姚子賢？」小千驚恐地抓住了我的手臂。

「不要怕，沒事的。」我安慰小千，同時也為這場災難心驚不已，百貨公司怎麼會突然發生爆炸呢？

「總、總之先鎮定下來，我們一起到安全的地方再說。」

我帶著小千準備遠離百貨公司，可是這時，慌亂奔竄的人群中爆出更大聲的高喊，接著人們就像骨牌一樣地被推開，「嗚哇！」

我和小千狼狽地滾到地上。

「逃啊，哈哈哈……快逃啊！低劣的人類們，你們哪裡也別想去，黑暗星雲將會征服你們！」

冷血的聲音隨風傳了過來，聽得讓人血液都凝結起來。

我勉強爬起身，看著倒成一片的行人。

在瀰漫著滾滾煙塵與哀號的廣場中，此刻唯一站立著的存在，是兩名看起來非常邪惡恐怖的男人。

不，不能說他們是男人！正確來說，應該稱他們為怪人！在這街上掃蕩鎮民們的並非幻象隊長，也不是任何一名來自原黑暗星雲的怪人，而是兩個我才剛熟悉不久的面孔。

「摩呼羅迦與緊那羅？」我眨了眨眼，不敢置信地低呼出聲。

「啊哈哈哈！愚蠢的人類，讓你們瞧瞧我從大魔王陛下與主人那裡得到的嶄新力量吧！恐懼將以黑暗星雲之名，君臨這個世界！」

摩呼羅迦輕聲的低語裡散發著邪惡的氣息。

大多數時候，他總是以一種故作溫和的聲音說出令人心底發寒的話語，而且他看待事物的眼神也總是那麼輕蔑。

緊那羅則是雙手抱胸，就像在散步一般悠閒地跟在夥伴後面。

在天智魔女的四個怪人護衛中，緊那羅是言行舉止與人類最為相似的一個。如果不是有著人類無法發出的奇妙嗓音，他看起來就像個剛下班的年輕人。

摩呼羅迦高高舉起他那散發著藍色光芒的雙手，接著猛然用力一甩。

咻啪啪啪啪——光線就像實體鞭子似地發射出去，揮向那些想從地上爬起的人們。

「嗚哇！」被光線打中的人就像觸電一樣痛苦地哀號，身子搖搖欲墜，接二連三地再度倒地。

「是黑暗星雲！」

「救命啊，不要過來！」

「饒、饒命啊，嗚哇！」

面對壓倒性的力量，人們只能無助地高喊，同時拚死地掙扎逃跑。可是一旦站起，就會被摩呼羅迦用手中的鞭子纏住，狠狠甩到路邊。唯一安全的逃亡方式，只有像動物一樣，手腳並用地爬離現場。

這個傢伙，真的這麼沒血沒淚嗎？

「咯咯哈哈嘿嘿～痛快，這種感覺真是痛快！」

「別太過火了，摩呼羅迦，這些像小蟲子一樣的人類可經不起你的摧殘。」緊那羅不慢不緊地說道。

況。

摩呼羅迦聽了同伴所言，反而更加得意地露出了愉悅笑容。

在發生劇變的第一時間裡，我急忙推開壓在小千身上的腳踏車，擔憂不已地查探小千的狀況。

倒在地上的小千抱著腳踝，露出痛苦神色。

「小千，妳沒事吧？」

「我扭傷腳了。」

在剛才的衝擊中，腳踏車被我壓在身下，再下面又壓著小千，小千成了我的緩衝墊，承受了巨大的衝擊力道。

我自責不已，試著將她扶起，小千卻發出了痛苦的呻吟，勉強地坐起身，看來她的傷勢遠比我想像的還嚴重。

我愧疚地對她說：「都是我不好，抱歉，小千。我一定會保護妳的。」

「笨、笨蛋，你說這些有什麼用，如果怪人真的來了，你怎麼可能打得過他們？」

「我……我……」

「別想那麼多，要怪就怪那兩個人！不過，他們究竟是誰？和之前的怪人都不一樣，有種非常邪惡的氣息！」

小千咬牙切齒地看著摩呼羅迦與緊那羅，忽然驚呼：「啊，我好像在電視上看過他們，他們就是襲擊公有停車場的凶手！可惡的黑暗星雲，到底要折磨這個小鎮多少次！」

這時，我突然察覺到危險的氣氛，小千也臉色蒼白地直視前方。

我轉過頭一看，這才發現廣場的人已經被摩呼羅迦扔完了，而這名可怕的怪人正直勾勾地盯著我們，一邊走近一邊露出準備玩弄獵物的殘忍笑容。

「輪到你們了，嘿嘿嘿……」

「嗚！」

怎麼辦？逃？快點逃？

然而當我回過身打算帶著小千離開時，望見了她白得和紙沒兩樣的臉色，頓時領悟到這是不可能辦到的事。

小千的腳扭傷了，根本沒辦法跑……而且就算用盡全力，人類也不可能逃得過怪人的追捕。

可惡，到底該怎麼辦？我苦惱地呻吟出聲。

「嘿嘿嘿～多麼可愛的一對小情侶啊，你們一起去做亡命鴛鴦吧！」

面對摩呼羅迦陰狠的笑容，我禁不住冷汗直流。

「住手，怪人，有本事……有本事就衝著我一個人來！」我鼓起了最大的勇氣，對著摩呼羅迦咆哮。

「姚子賢，別管我了，你快走。」儘管牙齒發顫，小千仍舊逞強地說。

「說什麼傻話，我不會丟下妳不管的！」

可是我自己也心知肚明，面對摩呼羅迦，我連反擊的力量都沒有，又或者說，我們根本不是同一個級別的對手。

儘管我有著部分 γ-12 星人的血統，可是連普通怪人都無法戰勝，而摩呼羅迦又是更加強大，也更加殘暴的存在，我不可能有贏的機會。

但是這又怎麼樣呢？不論是面對神也好，面對惡魔也好，我是絕不可能在此刻拋棄小千的。

「放馬過來吧！」

我攥緊拳頭，告訴自己無論如何也不要畏懼，必要時就算要我發動 γ-12 星人的力量跟摩呼羅迦同歸於盡，也在所不惜。

摩呼羅迦輕蔑地笑了一下，沒有說話，卻舉起了長鞭。

可惡！要來了嗎？我衝向前去，這時摩呼羅迦的手腕以讓人看不清楚的速度飛快旋轉。

啪咻！這是什麼？我的耳朵只聽到彷彿空氣破裂的清脆顫聲，隨即肩膀上立刻痛得像是被火燒起來一樣。

「哇啊！哇啊啊啊！」

「哈哈，叫吧，真是好聽！」

我的肩膀裂開了嗎？我痛得無法思考，肩膀霎時間完全沒了知覺。

隨即，我的小腿被鞭子緊緊纏住，一個踉蹌，整個人撞上了地板。

「呃呃——」我的臉頰狠狠擦過地面，嘴裡頭瀰漫著濃郁的腥味，那是我的血嗎？

「不！不要！誰來、誰來救救我們？」

耳邊迴響著路人絕望的吶喊，我像一團揉過的紙屑般在地上打滾，癱在小千身旁不遠處。我艱難地轉過頭，模模糊糊地看見她的驚恐又無助的表情。

真是……真是狼狽，明明說好要保護小千的……

我覺得意識潰散，腦袋裡一片空白，但還是強撐著挪動麻木的四肢爬起，連我自己都不知道究竟是怎麼做到的。

但也僅止於此了。

「哈啊……哈啊……」

我大口喘著氣。

無論我再怎麼努力，身體都不再聽從我的使喚，腦袋裡全是嗡嗡聲。

唔！我的兩條手臂忽然失去力量，上半身再次一沉，手肘劃過廣場堅硬的石板地面，兩條長長的血痕出現眼前，我卻絲毫不覺得痛。

果然，已經痛到麻木了吧。

「太殘暴了，這傢伙簡直是惡魔！」

「嗚嗚，不要再折磨那個孩子了，天啊！有沒有人來救救我們？」

躲在遮蔽物後的群眾不禁再次嗚咽起來。

摩呼羅迦似乎不曉得憐憫為何物，猖狂地舞動著長鞭。

「認清事實吧，人類，根本不會有人來救你們，你們就乖乖地等著被我宰殺吧，咯咯哈哈哈哈！」

我跪在地上，看著摩呼羅迦的陰影逐漸靠近……

就在這個時候——

「住手，怪人！」

一道清亮的聲音劃破了絕望的氛圍。

「誰？」

摩呼羅迦咒罵，緊接著迅速一跳，只見他原本待著的地方留下了一顆耶誕樹的裝飾品，深深地陷進了地裡面，這幅情景就連摩呼羅迦也覺得不可思議，露出了驚訝表情。

人們就像看見了救世主，抬頭仰望著物品擲出的方向——耶誕樹的頂端，臉上綻放出喜悅的光芒。

「繁星騎警！」

「繁星騎警，妳終於來了！」

兩名怪人也同時抬頭，露出疑懼的神色。

「是繁星騎警？」

「我就知道，她遲早會出現的。」

廣場上每個人都懷抱著希望，注視那站在巨大耶誕樹頂、威風凜凜的小鎮英雄——繁星騎警。

我驚訝地睜大了眼，內心的情緒……是喜悅，還是覺得驚奇呢，又或者是……別的情緒？

連我自己也無法摸透，可是，可是……

「姐姐……」我蠕動又麻又痛的嘴唇，低低沉吟著。

還在混亂之中的小千想必不會注意到我的喃喃自語，更不會了解我此刻動搖的心情。

「繁星騎警……」

繁星騎警現身了！

雖然姐姐離家出走，可是繁星騎警卻在小鎮最需要她的時候再度披掛歸來。

緊那羅飛快地往後退去，「這裡不是我擅長發揮的領域，摩呼羅迦，就交給你了。」

「放心！」面對繁星騎警，摩呼羅迦毫無懼色，反而殘酷地笑著，「有了大魔王陛下恩賜給我的力量，就算是繁星騎警我也不看在眼裡……放馬過來吧，繁星騎警！」

說完他大力揮動手臂，手臂竟閃爍出幽藍的電光。

摩呼羅迦手中長鞭猛力甩向從半空躍下的繁星騎警，繁星騎警企圖用手臂阻擋，可是鞭子就像蛇一樣纏上了她的前臂，立時放出凌厲的電光和可怖的黑煙。

「呃啊啊！」

繁星騎警發出慘叫，摩呼羅迦用力一捲，她就像流星錘的錘身一樣被甩進了廣場上搭建的帳篷中。

砰！帳篷被打穿一個大洞，周圍的民眾不禁失聲尖叫。

「嘿嘿！這下妳玩完了吧……咦？」

摩呼羅迦得意的笑聲還沒止住，煙塵裡迅速站起一道身影。繁星騎警反抓長鞭，使勁一拽，一把將摩呼羅迦捲向自己，接著朝他臉上就是一拳。

「嗚哇！」

摩呼羅迦邊慘叫邊胡亂地揮手反擊，繁星騎警乘勝追擊，雙拳如狂風暴雨般落在他身上，將他打得節節敗退。

覷準機會，繁星騎警飛身出腳，使出一記漂亮無比的旋迴踢！

這一腳力道之大，摩呼羅迦直接倒飛出去好幾公尺。

「這，是為了被你傷害的那些鎮民！」

繁星騎警扯斷長鞭，憤怒地高喊著。

雖然表演了一次精彩的進攻，她看上去卻有些灰頭土臉。

此時的繁星騎警，模樣絕對稱不上從容，身上佩戴的盔甲到處都破破爛爛，身體也滲出不少鮮血。自人們有印象以來，繁星騎警每次迎戰黑暗星雲怪人，還未曾打得如此慘烈過。

不過繁星騎警並不在乎破敗的盔甲，也不在乎滲血的傷口，她扭扭手腕、轉轉腳踝，確認自己依然行動自如，繼續嚴肅地凝望對手。

戰鬥尚未結束。

摩呼羅迦憤怒地站起，手臂上的電光再次閃現。

接下了著名的「宇宙銀河烈蹴踢」後，他竟然還有力氣活動，就連繁星騎警也不禁露出意外的神情。

「我太小看你了，沒想到你居然這麼耐打。」

「少廢話，可別把摩呼羅迦大爺我跟那些三流的怪人相提並論，接下來，換妳吃我這招！」

摩呼羅迦咆哮著衝向繁星騎警，可是對於繁星騎警來說，他的速度實在太慢，一個輕巧的跳躍便避過了攻擊。

可是我清楚地看到，摩呼羅迦雖然撲了空，嘴角卻詭異地揚起了一絲狡猾的笑容。

——他從衝向繁星騎警的一開始，眼神就沒有放在她身上，而是注視著人群。

正確來說，是注視著身在混亂人群第一線的我與小千！

「哈哈哈哈——速度拚不過妳又怎麼樣？只要我手上有了人質，難道還會怕妳不成？」

摩呼羅迦腳下不停，伸出魔爪直直朝我們猛衝過來，嚇得小千驚惶大叫：「你不要過來！」

該死！

「不許……不許你傷害小千！」

我咬緊牙關，不知從哪生出了力氣，毅然地撲到小千身上，用自己的身軀保護她。

「子賢、小千？」繁星騎警著急地衝了過來，「該死的怪人，快點離開他們身邊！」

這下子正中摩呼羅迦下懷，也許這卑鄙的怪人一直在等的就是這一刻。摩呼羅迦猛一轉身，趁著繁星騎警防備不及時，用力揮出雙爪。

「嘗嘗這招！」

「嗚啊！」繁星騎警發出吃痛慘叫，踉蹌著向前跌倒。

銳利的爪鋒割破了銀白的盔甲，血花從她背上怵目驚心地飛灑噴濺。

奸計得逞的摩呼羅迦發出猖狂大笑。

「繁星騎警！」我驚呼出聲，顧不得自己的安危，衝向繁星騎警倒地之處。

「子賢，呃！」繁星騎警緊張地對著我高喊：「這裡很危險，你不要過來！」

「妳說得沒錯，哈哈哈，這裡可不是給你們這些低劣人類逞英雄的地方！」

我才不是低劣的人類，摩呼羅迦，你等著瞧！

「讓你嚐嚐看飛蛾撲火的下場，蠢貨！」

摩呼羅迦一邊得意地狂笑，一邊像趕蒼蠅般隨手揮向我。

他大概以為我會被打飛吧，但是我絕對不會讓他稱心如意！

摩呼羅迦手臂橫掃過來，我只覺得就像瞬間被無數根球棒同時砸到一樣，強烈的衝擊讓我一陣反胃，好像有什麼東西湧上了喉嚨。

我緊咬牙根，努力不讓自己吐出來，接著凝聚力量收攏雙臂，死命地把他的手臂牢牢鎖在懷中。

「咦，什麼?快放手!你這混帳東西！」

摩呼羅迦氣急敗壞地揮著手想將我甩開，我頓時感覺天旋地轉，整個宇宙彷彿全顛倒過來了。

我死死地咬緊牙關，甚至咬到牙齦都滲出鮮血了，也堅決不放手。

「呃啊！」

不知晃了多久，我終於再也無法承受摩呼羅迦帶給我的超高速旋轉，雙手一鬆，遠遠地飛了出去。

然而，我的臉上卻揚起了滿足的微笑。

趁著摩呼羅迦對付我的片刻，繁星騎警已處理好自己的傷口，在他身後立定身形，等到摩呼羅迦發現時，不管做什麼都已經來不及了。

「你，對我的弟弟，犯下了不可饒恕的大罪！」

繁星騎警的眼中噴出怒火——毫不誇張，凡是直視的人，都將被那目光燒灼得尖叫出聲，就算摩呼羅迦也是如此。

向後弓起蓄力的手臂，威力全開，繁星騎警的拳頭像流星一樣飛快地轟進了怪人的臉頰。

「呃哇啊啊啊啊啊啊！」

摩呼羅迦發出撕心裂肺的高喊，他的身體像陀螺一樣旋轉出去，啪嘰啪嘰啪嘰，半空中不停傳出體內某種東西接連碎開的可怖聲響。

「好痛好痛好痛好痛哇哇哇哇哇！」

摩呼羅迦瘋狂慘叫。

「摩呼羅迦！」

這時，一直潛藏在陰影裡的緊那羅終於現身了，他奔向重傷得滿地打滾的摩呼羅迦，摩呼羅迦大吼大叫，口吐穢言，連站起來的能力也沒有。

緊那羅好不容易安撫住了摩呼羅迦，他抬起頭，凝視著繁星騎警。

「哼！這次算你們贏了，不過記住，下一次黑暗星雲會把這筆帳連本帶利地討回來！」

接著，緊那羅不知從哪裡取出了一顆網球大小的炸彈，朝地上猛力一丟。

轟隆～他們原本所在的位置立刻漫出紫色煙霧，籠罩住兩名怪人的身影。

大概早已預料到事情會如此發展，繁星騎警並沒有追上去，她只是站在原地，靜靜看著事情發生。

戰鬥就此落幕了。

黑暗星雲歷來進所有侵略行動中，以這次鎮民的損失最為慘烈，直到紫色的煙霧消散殆盡，現場依然不停地傳出傷者們哀號與啜泣的聲音。

歐伊歐咿歐伊歐咿——

我們的四周正充斥著刺耳的警笛聲，取代了原本那壓迫得讓人無法呼吸的死寂與安靜。

警車、救護車跟消防車，終於在繁星騎警擊退怪人後趕抵了現場。員警、醫療班跟消防隊員一下車就開始全力控制局面與火勢，並把傷患送往最近的醫院。

沒有人的臉上露出懈怠。

「小千……」

受傷的小千在沒了我的支撐後，只能癱軟地坐在地上，我捂著肚子，拖著沉重的步伐走向她。幸好，總算從摩呼羅迦的手底下保住了她。

此刻，她的情緒似乎也已經安定下來，視線落到孤零零站立在廣場中央的繁星騎警身上。

「繁星騎警？」

我抬起頭，訝異得不知該說什麼才好。

我環顧左右，這裡已聚集了不少人，甚至連警察都把封鎖線拉了起來，可是繁星騎警卻依然站在那裡，一動不動，絲毫沒有要離開的意思。

若是以往，她應該早就神龍見首不見尾，消失在現場了才對啊！

「繁星騎警！」

忽然，劫後餘生的人群中傳出一聲高呼。

繁星騎警抬起頭，看見所有人幾乎都注視著她。

「繁星騎警！」

「繁星騎警！」

「繁星騎警，妳是我們的英雄！」

場面越來越熱烈，人們先前的不安、痛苦與恐懼，這時都化為對繁星騎警的崇拜與感謝。

如果再這樣下去，那些人也必然會出現吧。

說曹操曹操就到，在我這麼想著時，那些人果然出現了。

他們大步越過了廣場。

「繁星騎警！」來人的聲音中充滿了熱情，喜形於色地到了繁星騎警面前，「踏破鐵鞋無覓處，這次終於能採訪妳了。」

毫無疑問地，這些人就是記者。

「繁星騎警！請問妳這次打敗了怪人是什麼心情？」

「繁星騎警！妳有沒有話要對電視機前面的觀眾說？」

「繁星騎警！別管其他人，先聽我說啊！」

記者你一言我一語地圍繞在繁星騎警身邊，場面亂成一團，他們所講的話全都混雜在一起，根本不知道該先回答哪個問題。

繁星騎警慌張地把手舉在胸前，要不然這些你推我擠的記者們就要撲到她身上了。

「慢慢來，一個一個問，拜託，我都快聽不清楚了。」

好不容易，現場的秩序總算稍微穩定，繁星騎警的嘴邊立刻擠滿了無數記者的麥克風，接著開始了他們第一個問題。

「繁星騎警，感謝妳願意接受我們的採訪。大家都對妳的真實身分感到非常好奇，請問妳願意把面具脫下，露出妳的廬山真面目嗎？」

「哎、哎呀，這個、這個我沒辦法啦！」

「請問妳願意透露妳的年齡跟感情狀況嗎？」

「嗚哇！居然問這麼尖銳的問題，人家不好意思回答啦！」

「過去妳總是在擊敗怪人後立即於現場消失，這次為什麼願意留下來了呢？」

「呃……這個，這次……我現在也無處可去，所以……」

「繁星騎警！」

一道沉穩的聲音打斷了記者們的問話，眾人紛紛轉過頭，訝異地看著一名由警察簇擁的男人緩步走來。

「黃鎮長？」

這人就是一純鎮的鎮長，同時也是黃之綾的父親。

鎮長排開了記者，來到繁星騎警面前，接著二話不說用力握起她的手。

「終於見到妳了，繁星騎警，一純鎮的英雄。」

「咦、咦？」繁星騎警露出受寵若驚的表情，任憑鎮長大力抓著自己的雙手。

「妳是我們一純鎮的英雄，沒有妳，我們這座小鎮必然飽受黑暗星雲的摧殘，是妳為我們帶來了平靜安穩的生活。」鎮長說道：「過去我一直沒有機會當面謝謝妳，這次妳終於願意留下來，不再避不見面，實在是眾人之幸。大家，我們來為繁星騎警歡呼，好不好？」

「當然好！」

接著人群裡爆出震耳欲聾的歡呼，大家不停高喊著繁星騎警的名字，有些人甚至激動到流下眼淚。

在鎮長振臂一呼，人們的狂熱高喊如浪潮一般淹沒了繁星騎警，四面八方掌聲如雷，群眾的口哨與讚美聲彷彿永遠不會停止。

繁星騎警的雙手依然被鎮長緊緊地握住，她一時之間竟有些不知所措，眼中流露出了迷惘的神色，好像這一幕對她而言就像奇蹟一般不可思議。

她的嘴唇幾不可見地翕動起來。

「原來……原來這就是身為英雄的感覺……」

「嗯？」鎮長掉過頭來，「妳剛剛說了什麼嗎？」

「不，沒什麼。」繁星騎警搖搖頭，可是她的雙肩卻隱隱地因為激動而顫抖。

「繁星騎警，我們有太多想要向妳表達的謝意、太多想要獻給妳的榮譽，今天晚上……不，不只今晚。一直以來，黑暗星雲次次的侵略，都是仰仗妳的努力，才避免釀成更大的禍害，所以，這次輪到我們報答妳了。妳現在有什麼願望，只要我們能夠辦到的，一定幫妳達成。」

「我……我……我沒什麼……呃，不，雖然這件事有點丟臉……」繁星騎警扭捏地說：「但是我現在無家可歸。」

「那有什麼問題！」鎮長大聲地說：「怎麼可以讓我們的小鎮英雄說出無家可歸這種話？整座一純鎮都是妳的家園！像妳這樣偉大的人物，不該屈身在和妳的功績不相稱的住所，要住，就該住在最好的地方！」

「來住我們這裡！」人群中有人高呼：「我們是一純大旅店，是鎮上唯一一間五星級的豪華飯店，本飯店將永久提供最高級的總統套房給我們的英雄繁星騎警！免費！免費！」

「我們也要跟進！」第二個聲音響應，「我們是一純百貨公司，為了我們小鎮的英雄，本公司將無條件負擔繁星騎警所有的治裝費用！」

「我們是大餐館，我們廚師堅持要替繁星騎警料理三餐！」

「還有我們……」

「還有我！」

「也別忘了我！」

一時之間，人聲鼎沸，每個人有錢出錢，有力出力，爭先恐後地為了繁星騎警貢獻心力。

繁星騎警感動萬分地看著眾人，久久不能自已。

「大家……」

眾人鬧哄哄地擠上前，搶著要和繁星騎警握手，若不是有警察快速圍出一條警戒線，場面恐怕會一發不可收拾。

「好好好，各位鄉親，相信大家日後一定會有更多機會與繁星騎警碰面。現在她很累了，我們應該先讓繁星騎警回飯店休息。」

鎮長苦苦勸離周圍熱情的民眾，試圖讓大夥稍微平復高昂的情緒。

「繁星騎警，妳看大家這麼關心妳，都是妳的人望與功勞所致。不要懷疑，妳就是我們心目中的英雄。」

「我……我……」

「呵呵，我看得出來妳很激動，但是妳什麼也不必說，我們全都明白。繁星騎警，我有個提議，不如以後妳就住在我們為妳準備的寓所裡，讓小鎮負擔妳的日常生活所需，這樣妳就能更專注於對抗黑暗星雲的活動，成為小鎮真正的守護神。妳覺得怎麼樣？」

「這、這麼大的好意……」繁星騎警驚訝地瞪大雙眼，「我……我真的可以接受嗎？」

「當然可以，不如說這樣的發展本就是鎮民們夢寐以求的事，我們實在吃過黑暗星雲太多的苦頭了。」鎮長拍拍繁星騎警的肩膀，「來，這邊請，有警車會為妳開道。」

繁星騎警點了點頭。

就在大夥正要動身時，一道高喊突兀地劃破了鎮民的歡呼。

「等一下！妳不可以跟他們走！」

聽見這個聲音，繁星騎警彷彿觸電一般，立刻轉過身，「巴……」然而她隨即將接下來的聲音全吞了回去。

一個男人奮力擠開狂熱的群眾，走向繁星騎警。

是爸爸。

「繁星騎警，妳不可以跟他們走。」爸爸皺著眉說，「難道妳忘了嗎？妳做這些事、肩負沉重的任務，難道只是為了博取人們的愛戴、滿足一己私欲嗎？」

爸爸嚴肅地盯著繁星騎警，目光灼灼。

繁星騎警不敢直視他的雙眼，避開了視線。

爸爸所說的正是銀河特警的規章。

γ-12星人創立銀河特警組織，是為了貫徹宇宙的正義，避免高度發展的文明惡意侵略原始落後的星球。他們重視文明的自然發展，因此成員必須要有高度的意志力與節操，避免對守護的星球造成影響。

為了貫徹自己的使命，他們早有心理準備，將要過上很長一段辛苦而清貧的日子。繁星騎警如今的作為，完全違背了銀河特警的理念。

「那個……我……」

「這位先生，請問你是誰啊？」這時，鎮長不客氣地問道：「你是繁星騎警的任何人嗎？」

「這個……我……我並不是她的誰。」爸爸一時語塞。

有關銀河特警的事一概是最高機密，在這種時候，他當然無法承認自己跟繁星騎警之間有任何關聯。

「那麼，你有什麼資格對繁星騎警的選擇說三道四呢？」鎮長咄咄逼人地說：「繁星騎警為了我們鎮做了這麼多事，是我們小鎮的英雄，大家對她所提供的服務，只不過是小鎮英雄應得回報的萬分之一。」

其他人聽了鎮長的話，紛紛開始附和起來。

「就是說嘛，繁星騎警是我們的英雄，她愛怎麼樣就怎麼樣，輪不到你來說話！」

「不知道從哪裡跑出來的傢伙，有夠不識相。」

「你不也是小鎮的居民嗎，怎麼可以這麼忘恩負義？」

周圍的人群七嘴八舌地指指點點，爸爸無計可施，只能再次對繁星騎警呼籲：「繁星騎警，好好考慮清楚，妳不能接受這些恩惠。趁現在回頭還來得及，趕快離開吧！」

「你怎麼還不死心？你再搗亂，我就要叫人把你趕走囉！」鎮長揮了揮手，「警察！」

「等一下！」繁星騎警連忙阻止鎮長，「不要傷害他。」

鎮長只好放下手，但仍舊忿忿地看著爸爸，「難道妳想聽從這個奇怪傢伙的意見嗎？繁星騎警，妳不要聽他胡言亂語，妳是小鎮的英雄，無論什麼樣的榮耀還是特權，全是妳應得的。」

「繁星騎警……」爸爸吞著口水，緊張地看著繁星騎警。

繁星騎警露出掙扎的神情。好一陣子，她反覆地張闔著雙唇，卻始終沒發出聲音。

最後她終於說道：「對不起，先生。我很感謝您，可是我在這裡找到了我想走的路……我是屬於小鎮的英雄。」

爸爸難掩失望和驚訝，雙肩一下子垮了下來。

繁星騎警不發一語，決然地轉過了身。

我看著她被包圍在一片歡欣喜悅的氛圍中，每個人都是那麼地興高采烈，然而最中間的主角卻與他們格格不入。

繁星騎警在許多人的簇擁下，坐上了一臺極為豪華的禮車。

轟隆隆～禮車開始前進，人潮也跟著禮車不斷向前，廣場一下子變得空蕩無人。

爸爸失魂落魄地站在原處，剛剛一直待在人潮外圍的媽媽擔憂地上前，牽起他的手。

「為什麼……為什麼……為什麼事情會變成這樣？」

「爸爸……」

我扶著小千，兩人一拐一拐地走向他們。

「子賢？小千？」

「伯伯。」小千疲倦地說：「剛才……究竟是怎麼回事？」

爸爸看著我們，久久說不出話。

突然之間，我覺得爸爸變得好蒼老。

最後，爸爸搖頭嘆氣：「沒什麼……我們回家吧！」

PRODUCTION

姐姐是地球英雄，弟弟我是侵略者幹部

# 最強的怪人，迦樓羅

07

「你說什麼？」

坐在我面前的老師一臉不可置信。

「你說你姐姐姚子實要出國遊學？」

「是的。」

「多久？」

「呃……大概要很久、很久。」

「你才幫她請病假沒多久，現在就說她要去遊學了，所以她是病一好就馬上出國嗎？」

「呃……是、是啊！」

「這也太奇怪了吧？」老師狐疑地看著我。

「就……就剛好有個千載難逢的機會嘛！所以……爸爸媽媽就決定成全姐姐的意思。」

不管這個理由再怎麼牽強，一旦看到由父母親簽名證實的文件，老師也不得不批准了姐姐的請假手續。

嗚！因為姐姐離家出走的緣故，學校那邊得想辦法應付過去才行。

爸爸一直堅持姐姐可能隨時會回來，因此不願意辦休學，經過家族會議後，決定暫時找一些理由幫姐姐請長假，而這項重責大任就落到了我身上。

起先我用生病的理由替姐姐請了一個禮拜的假，當時我們心中還懷抱著也許姐姐過一、兩天就會回來的念頭，可是隨著時間過去，我們的期待落空了。

看著爸爸媽媽越來越無奈，實在很令人難過。

儘管如此，該做的事還是得繼續做。

為了掰出理由幫姐姐請假，我可是絞盡了腦汁。總之，不能用任何有礙姐姐名譽的理由，定要把這件事掩蓋得漂漂亮亮地才行。

「好吧！拿去。」老師把簽過名的假單交還給我，順便挖苦道：「如果是你說要去遊學，那我還會相信。以姚子實那種英文實力想出國……哼哼！除了敬佩她的勇氣外，我也只能祝她好運。」

我苦笑著說：「我會將老師的祝福轉告給姐姐的，謝謝老師。」

我走出辦公室，準備回教室收拾書包。

爬上了好幾層樓梯，沒想到就在我們教室的走廊外，看見黃之綾在那不停徘徊的身影。

「咦？這不是黃之綾同學嗎？妳還沒回家啊？」

「噢，嗯，嗨，姚子賢。我聽說你姐姐生了一場大病，她現在好點了嗎？」

「這個……她現在好多了。」

「那我今天可不可以去你家拜訪，順便問候小實姐？」

我訝異地看著黃之綾，她連花束都準備好了。

「呃，這個……可能有點不方便。」我為難地說道：「她……她……」
「嗯？是有什麼難以啟齒的事嗎？」黃之綾受傷地問：「還是你不歡迎我？」
「不是，絕不是不歡迎妳，而是姐姐已經出國遊學了。」
「大病初癒就出國遊學？」黃之綾張大雙眼，問了跟老師一模一樣的問題。
可惡，粗糙的藉口總是破綻百出，我當初應該先擬好各種說詞的。
「那個，因為是已經排定好的行程，所以……」
「要去多久？」
「嗯……」我心虛地移開視線，「大概要很長一段時間吧！」
「這樣啊……」黃之綾想了想，接著把花交到了我的手上。
「這個花是？」
「謝禮。上次我離家出走時，多虧了小實姐的幫助。」黃之綾語氣真誠地說：「如果不是小實姐的包容和開導，也許我還會陷在與父親之間矛盾糾結的泥淖中。是小實姐的一番鼓勵，才讓我有勇氣面對自身的問題，現在我跟爸爸的關係好了很多，這都是她的功勞。」
我無話可說，只能愣愣地望著黃之綾。
「希望她保重身體，早日康復。這是我最真誠的盼望。」
「黃之綾，謝謝妳。」我感動得無法自已，只能勉強擠出這三個字。

「我知道小實姐的離開，一定對你產生很大的影響……呃……如果需要我多陪陪你，其實……我也不會那麼冷血地拒絕啦。姚子賢，你說呢？」

我一時之間無法領略她的意思，只能訥訥地開口：「啊，這個，謝謝妳，但是我目前好像不需要。」

「唉，算了！」黃之綾忽然垂下頭，大大地嘆了口氣，「我放棄了，真的是對牛彈琴耶！那麼，我今天還要去打工，就先這樣了。」

「再見。」

我看著黃之綾離去的背影，回想她剛剛說的那番話，不知為何竟有些鼻酸。

我深吸了一口氣，收拾好情緒，才剛轉頭，馬上就嚇得往後退了一大步。

「哇啊！」

「幹嘛？」我身後的郝誠實說：「有什麼好大驚小怪的？」

「你還敢說啊，為什麼要悶不吭聲地站在我背後？」

「不好意思打擾你們嘛！」郝誠實笑道。

「打擾？我和黃之綾同學沒說什麼你不能聽的事啊。」我疑惑地說：「先不管那個了，學生會長應該很忙吧，你特地找我有什麼事嗎？」

「噢，這個啊……」郝誠實搔搔頭，「聽說你姐姐生病了，不知道她康復了沒有，所以來關心一下。」

「咦？怎麼大家都知道這項消息？」

「這個禮拜籃球場上失去了大家熟悉的那個笑聲，每個運動系社團都知道這件事啦！」郝誠實抱著胸口說：「姚子賢，你還不知道子實學姐在運動系社團中是多麼有人望吧？」

「是、是這樣的嗎？」我驚訝地睜大眼。

「當然是。」郝誠實點點頭，「喂！過來吧！」

郝誠實向不遠處招招手，於是，那名時常跟在他身後的學弟從轉角現身。學弟手上抱著好幾大罐飲料，看著他慌慌張張的樣子，我和郝誠實不禁皺起眉頭。

「叫你買罐飲料，你買那麼多幹嘛，是想把整個福利社都掏空嗎？」

「隊長，我不知道你喜歡什麼口味嘛，所以只好都買一罐。」學弟委屈地道。

「飲料是要送給子實學姐的，跟我的口味有什麼關係啊？」郝誠實說，「還有，不要叫我隊長啦，說過好幾遍了，我現在是會長，學生會會長。」

「是的，隊長。」

郝誠實無可奈何地瞪了他一眼，然後對我說：「匆忙中我們來不及準備像樣的謝禮，希望你別介意，看看你姐姐喜歡喝什麼樣的飲料吧！」

我推辭說：「謝謝你們的好意，不過就不用了，心意到了就好。」

「那要怎麼辦？難道要我把它們全都喝掉嗎？」學弟苦著一張臉說。

「真是個好主意。」郝誠實彈了彈手指，「那就全部交給你啦！」

學弟不可置信地張大了嘴，手上的飲料罐全部嘩啦嘩啦地掉了下來。

「開玩笑的而已。」

「哈！」我輕笑幾聲，隨即又問郝誠實：「對了，你剛才說姐姐在運動系社團非常有人望，是怎麼一回事？」

「你真的不知道？」郝誠實挑了挑眉，「我還以為關於你姐姐的事，沒有你不清楚的呢！」

我輕輕咳了幾聲。

「姚子實學姐是個大好人喔！」蹲在地上收拾飲料的學弟突然抬起頭說：「不只是女籃隊，她常常會關心其他社團的成員，主動問大家有沒有需要幫忙的地方。不管是搬球、清理場地……或是什麼雜七雜八的事，全都願意幫忙，完全沒有大學姐的架子。

「而且她也是個很好親近的人，我們有任何煩惱，她都願意認真傾聽，我的朋友裡幾乎沒有人不曾受過她的幫助。」

我驚訝地看著他，心想原來還有這種事。

郝誠實輕咳幾聲，「嗯，如果不是學姐的鼓勵，我也不會下定決心出來參選學生會長。所以說，我也欠了學姐一份人情。」

「連你也是？」

「哈哈……」郝誠實乾笑著，「我也曾困擾是要投入學生會的活動，還是要善盡棒球隊隊長的職責嘛！當時正是子實學姐傾聽了我的想法，勉勵我貢獻自己的力量，服務更多人群，才促成我參選的動機。

「我想，或許對她來說，那只是微不足道的幾句話。但是對當事人來說，正是那一、兩句關鍵的話語，大大地改變了他們的人生。」

姐姐……

想到姐姐溫暖人心的笑容曾鼓勵過那麼多人，我就生起一股既感動又驕傲的心情。

郝誠實繼續說道：「我看你都收下花束了，飲料就一起拿回去吧。如果你堅持不收我也不勉強，只是，希望你一定要替我們傳達對學姐的關心與感謝。」

簡單地道別後，他就帶著學弟離開了。

我看著郝誠實與學弟離去的背影，另一批人又朝著我走來。

「學姐？」

是常常跟姐姐結伴玩耍的學姐們。

我記得上次就是她們約姐姐一起吃火鍋，害姐姐喝得爛醉才回來。可是這一次，她們不像往常那樣把我當作珍禽異獸般地玩弄我，而是露出了凝重又悲傷的表情。

「弟弟君。」其中一位學姐突然開口說：「你不覺得很過分嗎？」

「咦，怎麼了嗎，什麼事很過分？」

面對學姐突如其來的質問，我有些不知所措。

「我們都聽老師說了……姚子實真的什麼都沒跟我們講，就一個人跑出去留學了嗎？你說，她這樣是不是很過分？」

「呃……」

「這樣算什麼啊？」

「呃……」

「你說啊，這算什麼東西嘛！」

「呃……」

學姐的語氣越來越咄咄逼人，就在我手足無措時，她忽然在我面前流下了淚。

「啊啊，慘了，真的哭了耶……好了，好了，乖，不要哭了啦！」

一旁的學姐連忙將她攬進懷裡，其他人則是帶著歉意地說：「不好意思喔，弟弟君，這傢伙的情緒比較容易激動，你不要放在心上。」

「呃，我……好、好的。」

那名嚎啕大哭的學姐把頭埋在同學胸口，依然不停地說著：「這算什麼朋友啊？一聲不響就離開，把大家當笨蛋嗎？為什麼都不跟我們說！」

其他人則是拍拍她的背，連哄帶騙地安撫她。

看來她們的感情真的很好。

「學姐，姐姐出國只是暫時的，也許過一陣子後，她就會回來了。」

「你說什麼屁話啊！」學姐雙眼紅通通的，不太領情地說：「我們都已經三年級了耶，是還剩多少時間可以浪費啊？」

「可是，那個……可是……」我一下子接不上話。

「好了好了，弟弟君你不要理她。」其他的學姐馬上打圓場，「說真的，姚子實能夠找到未來的目標，我們也很替她高興。你之後和她聯絡時，請記得告訴她說我們都十分想念她，好嗎？」

「我會的。」

我用力點點頭，承諾了我根本不確定做不做得到的事……不，不知為何，我覺得我不是在說謊。我會記得的，等有一天見到了姐姐，我一定會把這件事原原本本地說給她聽。

聽完了我的保證，學姐們才一一離去。

我回到教室，小心翼翼地把花束插進手提袋。我心不在焉地關燈關門，心裡面不停迴盪著黃之綾、郝誠實所說的姐姐的事蹟，以及學姐們的話。

姐姐，妳知道嗎？這個世界上還是有很多人非常盼望能看見妳，為了曾經與妳相遇而打從心裡感到開心。

他們並不是看見繁星騎警，而是看見真真實實的姚子實。可是當他們思念著妳時，妳又在哪兒呢？

我走過寂寥的走廊，小千拎著書包，站在穿堂前面等我。

「怎麼有花？」

我們並肩同行，小千看著我的手提袋說。

「花是黃之綾送給姐姐的。郝誠實也有代表學生會和棒球隊來慰問，只不過我沒有收下他的禮品。」

「其實，女籃隊也有要送給小實姐的東西喔！」小千從手提袋中掏出一個像掛卷般的粗筒，「這是大家為了祈求小實姐早日康復而一起製作的海報。雖然大家常常取笑小實姐動作慢半拍，但是每個隊員都是真心誠意地希望她能趕快好起來。」

我沉重地點了點頭。

「不過，這樣真的好嗎？」小千問道，「你真的要向大家隱瞞事實真相？」

「總不能告訴所有人姐姐是離家出走吧？那會對她的名譽造成多大傷害？」

小千沒再說什麼，只是輕輕拍了拍我的肩膀，「我知道這是一個充滿痛苦與無奈的決定。

辛苦你了，姚子賢。」

我打開面前的厚重門扉，黑暗星雲總部內永遠縈繞著如夢似幻的矇矓光線，可是今天我沒有了欣賞的心情，其他人看起來也是一副愁雲慘霧的模樣。

「這是怎麼了，大家全聚在這裡？」

冷夜元帥與幻象隊長難得沒有在房間裡辦公，而是站在走廊。

「……辦公室被天智魔女手下那群人搶走了。」幻象隊長忿忿不平地說，「他們最近的行徑真是越來越囂張。」

我不禁咋舌，天智魔女的護衛怎會做出這麼無禮的事？記得不久前天智魔女才警告他們要知所進退，莫非言猶在耳，卻已被拋諸腦後？

「他們的態度就好像我們是組織裡的累贅一樣。」冷夜元帥的語氣中也透露出不以為然，「我已經向天智魔女抗議過好幾次了，但是一點用也沒有，現在也懶得再去跟他們爭。只不過，萬一下次侵略行動又失敗了，我一定會把這筆帳連同天智魔女的失職，好好地向大魔王陛下參上一筆。」

「侵略行動……以後還會有更多侵略行動嗎？」

不知為何，幻象隊長臉上的神情忽然糾結起來。

「咦，幻象隊長，你看起來好像不太開心？」

「唉……」幻象隊長長長地嘆了口氣，「學長、學姐，老實說，看過摩呼羅迦和緊那羅侵略一純百貨公司的事件後，我是真的被嚇到了。」

冷夜元帥與我驚訝地看著幻象隊長。

「這……該怎麼說呢……」幻象隊長苦惱地抱著頭，「原本……我想像中的侵略行動，並不是那個樣子的。好多人哭了、受傷了，到處都是慘叫聲，建築物被破壞成……破壞成……我都不會說了，總之，好可怕。」

我吞了吞口水，回想起當天親眼目睹的景象，心頭不禁為之一寒，忍不住拍了拍幻象隊長的肩膀。

幻象隊長感激地望了我一眼，「我們黑暗星雲原本的侵略行動並不是這個樣子的……我覺得，現在的黑暗星雲變了，不只是給人的印象改變，就連我們自己內部的氣氛也和以前完全不同了。」

幻象隊長的話像電流一樣瞬間觸動了我的心弦。

「我……我知道你想說什麼。」

我再也忍不住，將心裡壓抑已久的話統統說出口：「過去，我們派出怪人，怪人作亂，最後被繁星騎警打倒。這樣的事一再重複，好像形成了一種默契。雖然我們聲稱是在侵略小鎮，可是，鎮民卻從來不會因此受傷流血。」

「可是……真正的侵略，不就應當如同天智魔女所做的這樣嗎？」冷夜元帥困惑地問道。

「雖然學姐妳說得沒錯，但是我卻無法喜歡上天智魔女的做法。」

「你不需要勉強自己喜歡，幻象隊長。長久以來，我們的侵略行動與鎮民們的反應間，已經逐漸形成了一種平衡，如今卻被天智魔女與她的黨羽打亂。發生這種事，我們當然無法接受。冷夜元帥，請妳好好地想一想，是不是也有這種感覺？」

冷夜元帥考慮了一會兒，跟著點了點頭。

「你說的沒錯。那麼，厄影，關於這件事，你有沒有什麼好辦法呢？」

「天智魔女是黑暗星雲的最高執行官，等於是我們所有人的上司，加上她的那副脾氣，想要改變她的做法極其困難……除非……」

「除非什麼？」

「大魔王陛下！」我握拳搥了一下掌心，「如果是大魔王陛下的意見，就算是天智魔女也不得不遵從。想改變現在這種狀況，我們就必須讓大魔王陛下明白我們的想法。」

「好主意！」幻象隊長忍不住開口歡呼。

「可是大魔王陛下不是我們想見就能見到的，而且天智魔女很快又要展開新一波動作，來得及嗎？」

「不管怎樣，總是要努力看看。」懷著姑且一試的想法，我說道：「或許……我知道哪裡能夠遇上大魔王陛下喔。」

我走向天智魔女位在基地最深處的個人專屬房間，同時也是最高執行官的辦公室，整個黑暗星雲的頭腦與命脈都在這裡。

「請進。」

按下電鈴後，天智魔女的聲音從對講機傳來，打開上鎖的金屬閘門放我通行。

我一進房間，就覺得這裡不像指揮所，反而像是一間化學實驗室。天智魔女身旁沒有任何護衛陪伴，而她本人也正在巨大的實驗桌前調理試劑，並且辛勤地在筆記本上塗塗寫寫，看起來十分忙碌。

「真沒想到你會主動找我，厄影參謀，隨便找個位置坐吧。我很少接待客人，希望你不要覺得我怠慢，有什麼事就直接說了吧。」天智魔女仍舊把心思專注在她手中顏色鮮豔的紅色藥劑上，連看都不看我一眼。

我正想要開口，可是房間的門忽然打開了。

這時來造訪的，究竟會不會是我以為的那個人呢？

「大魔王陛下！」

「大魔王陛下？歡迎您來。」

「哎呀，天智，妳不用費心招待我，繼續做妳的事情吧！」大魔王陛下揮了揮手，「我只是覺得無聊來找妳聊聊天，哦，厄影也在？真是太好了，這下子不怕沒人可以作伴。」

我頓時有些不知所措，正猶豫著該不該讓座給大魔王陛下，他就已找到位置坐了下來，神態顯得相當自然。

而天智魔女……該怎麼說她才好呢？至少有一點讓我不得不佩服，聽到大魔王陛下的話以後，她竟然還真的不停下手邊的工作，慢條斯理地做著自己的事情。

「平常大家都不在，在了也有事情要忙，真正長期住在黑暗星雲裡的也就只有萬智跟天智你們兩個了。而萬智最近不知道在搞什麼，據說吃壞了肚子，要休息好幾天。」

我不由得苦笑，難道是上次那顆巧克力的後遺症，到現在都還沒好？

「咦，厄影，你怎麼笑成這樣，難道說你有什麼祕辛？」

「不，沒什麼。」我搖搖頭。

「我說天智啊，妳現在在忙什麼？」

「我正在研究一種新的怪人。雖然很丟臉，但是我必須承認，根據我們所蒐集的繁星騎警資料，現在黑暗星雲之中應該沒有任何怪人是她的對手。只不過，如果我現在的研究成功，這名最新的怪人，將會擁有比繁星騎警更加強大的力量。」

我和大魔王陛下聽了之後，都驚奇地睜大了雙眼。

「哦，聽起來很厲害呀！天智，我相信這點小事一定難不倒妳，因為妳都能製造出像緊那羅他們那樣的怪人了，不是嗎？」

「唔……也許吧！」談到了緊那羅他們，似乎讓天智魔女有些不自在。

「呵呵呵……看來我說到了一些讓妳很在意的事。天智，既然我收妳為部下，就沒有要探究妳過去的意思，然而我還是很好奇，緊那羅他們是構成比例相當接近人類的怪人，這種技術應該不是現在的人類科技能辦得到的事吧？」

「……確實如此，陛下，您真是明知故問。人類的科技水平當然無法製造出他們，而我也知道若不是經過您的技術奧援，萬智學長也不可能研發出侵略用的怪人。」

「哈哈哈哈……有意思，跟聰明人說話真有意思。」大魔王陛下開心地拍了拍大腿，「嗯……妳說妳之前待在美國，該不會就是我所想的那個地方吧？」

天智魔女嘖了一聲，坦然承認：「本來，萬智學長也可以跟我一樣，進入五十一區工作的。」

「來我這裡比較好，我給的待遇好、休假多。」

「科技力也比較強。」天智魔女意有所指地說。

「哈哈……如果人類之中再多一點像妳這樣聰明的存在，你們很快就會一日千里，突飛猛進。」

「聰明……聰明並沒有什麼值得慶幸的。」天智魔女露出些許落寞的神色，「聰明只會讓你永遠與眾不同。他們不明白我、不理會我、不能夠瞭解我，聰明只讓我在這條路上感受到龐大的孤獨。」

「啊，妳怎麼這樣說呢？明明我們的周圍還是有很多新鮮有趣的事，不要陷入負面的思想。天智，妳肯定是在實驗室裡悶太久了，出去玩玩怎麼樣？啊！對了，最近不是要過耶誕節嗎？」

「不了，我還是留在實驗室就好。」

「這怎麼成？瞧瞧妳，現在正是花樣年華，怎麼可以就這樣把青春浪費掉呢？」

「反正也沒有人陪我，我不如趁這個機會好好做研究。」天智魔女昂然道：「自從我戴上這副面具後，我便決定為黑暗星雲鞠躬盡瘁，至於我個人的幸福，早已拋諸度外。」

「說這什麼話，天智，雖然戴上了面具的妳變成了天智魔女，但是天智魔女會是妳的全部嗎？妳不依然是妳嗎？」

「咦？」

「不要忘記了，面具終究只是面具罷了。」大魔王陛下意味深長地說道：「面具可以改變一個人，但事實上什麼都沒改變。」

「您這句話……是什麼意思？」

大魔王陛下失聲一笑，拍了拍自己的腦袋，「哎呀！我看我們換輕鬆一點的話題好了，你們年輕人歷練不夠，還不能體會我的意思。但是呀，天智妳的事情可有些難辦，如果說我這身老骨頭厚顏無恥地自告奮勇，大概也會害得妳被別人笑話吧？這可不行……嘖嘖！」

天智魔女哭笑不得，「陛下，您還在糾結這種事。」

「我當然要重視部下的幸福呀！該怎麼辦才好呢？哎唷！這裡不就剛好有一個適合的年輕人在嗎？」

「咦，陛下，您是說我嗎？」

看見大魔王陛下的視線轉了過來，我嚇了一大跳。

「年輕聰穎、英俊瀟灑，天智妳看看，明明妳身旁就有這麼好的對象。」

「請您不要取笑我了。」這句話，我幾乎是和天智魔女異口同聲地說了出來。

大魔王陛下呵呵大笑，「不要這麼說嘛！對了，厄影，交付你一個任務好嗎？」

「請、請您吩咐，如果是在我能力內所及。」

「放心，這對你來說不會太難的。厄影，你看看我們這位天智魔女同仁，明明長得這麼漂亮，卻整天把自己關在實驗室裡不出門，多麼可惜啊！所以，我要交代你的就是，在耶誕節那天把她約出來，好好地享受一下青春吧！」

「這……這……陛下，這個任務……」面對大魔王陛下的要求，我結結巴巴地不知如何回答。

天智魔女哼了一聲。

「你嫌她不好嗎？」大魔王陛下挑了挑眉。

「不，我當然不是這個意思。」

「那就這麼定了。」

「啊，不，那個……我……」

「陛下只是開玩笑的，你不用放在心上，戹影。對了，回歸正題，你來這裡找我有什麼事嗎？」天智魔女淡然地替我解危，好像這件事對她一點影響也沒有。

經過天智魔女的提醒，我這才想起此行的目的。

「那個，其實我有一件事想向大魔王陛下稟告，只是來這看陛下在不在。」

說完，我瞟了天智魔女一眼。

她察覺到我的視線，無所謂地聳聳肩說道：「恭喜你，大魔王陛下剛好來了。如果兩位有要事要談，不妨到外面去說，讓我可以專心在我的研究上面。」

「那好吧，戹影，我看我們還是識相一點，讓天智的耳朵清淨清淨。」大魔王陛下像個犯了錯的小孩般搔搔臉頰。

於是我們兩人離開了天智魔女的房間。

「說吧！」來到外頭，大魔王陛下輕輕搥了幾下肩膀，「有什麼事是你不想讓天智聽見的呢，厄影？」

「謝謝您，大魔王陛下，但這不只是我的事。」

我彈了一彈手指，原本躲藏在陰影之中的人影接連浮現。

「冷夜、幻象？」

「大魔王陛下。」我們朝著黑暗星雲的主人鞠了個躬，「我們有些願望，請陛下撥冗傾聽。」

接著，我們將我們對於天智魔女的想法，慢慢闡述給大魔王陛下。

「就是這樣，陛下，希望您能向天智魔女反映，她的行為已經嚴重傷害了黑暗星雲和小鎮之間原本的關係，再這樣下去，事情恐怕會演變到難以收拾的地步。我們認為在此之前就應當採取行動。」

「原來是這樣啊！」大魔王陛下露出恍然大悟的表情。

我們期待地看著大魔王陛下，按捺不住心內的浮躁。

「不過，這件事我恐怕無法幫忙。」

「咦？」

「為什麼？為什麼？」幻象隊長難掩失望神色，驚訝得連問好幾遍。

「既然我已經把指揮官的權限交給天智了，那麼我便不會干涉她的做法。」大魔王陛下淡然道：「更何況，這是你們的小鎮，你們希望用什麼樣的方式侵略它，必須靠著你們自己的努力讓它成真。」

「可……可是……」我慌忙地開口：「請您再考慮一下。」

「沒有什麼好考慮的，厄影參謀。」大魔王陛下搖搖頭，「我唯一能夠給你們的忠告，就是坐而言不如起而行。沒有什麼東西是會自動從天上掉下來的，無論你想獲得什麼，都得靠自己的智慧與雙手爭取。」

大魔王陛下沉澱了半晌，忽爾輕輕一笑，「但是，你們願意嘗試說服我，就是一個好的開始。那麼，我就多給你們一點提示：好好思索為什麼黑暗星雲裡的每一個人都必須戴著面具的理由吧！」

「為什麼黑暗星雲裡每一個人都必須戴著面具？」

我們失聲叫了出來。

這是什麼意思？

我赫然發現，我竟然從來沒思索過這件事背後的原因。

大魔王陛下的話語帶給我們很大的震撼，三人都不知如何是好，只能愣愣地站在那裡，腦袋飛快運轉，努力弄懂這些話的涵義。

看見我們這副模樣，大魔王陛下什麼都沒說，只是露出了嘉許的微笑，最後靜靜地轉身離去。

與小千一同走在回家的路上，她忽然開口問我：「你最近都不用打工嗎，姚子賢？」

「我請了個長假。」

「咦？你不是很喜歡那份工作嗎？」

「現在沒有心情去了。」

「怎麼這樣。」小千皺起眉來，「就算小實姐不在你身邊，你也沒有必要把自己搞得連生活步調都亂了吧？姚子賢，我看你最近上課都心不在焉，下課也頻頻搖頭嘆氣，現在甚至連社團和打工都不去了，你究竟是想讓自己糟到什麼地步？」

「小千，可不可以請妳不要這麼說？」我生氣地說道：「妳不明白姐姐對我而言有多重要。」

「我不明白，而且全世界也沒有人會明白的！姚子賢，小實姐只是你的姐姐，不是你人生的全部。」

「妳說她『只是我的姐姐』？」聽到這裡，我比平常稍微提高了音量，「請妳不要說得好像姐姐只是隨處可見、稀鬆平常的人，姐姐跟那些人比起來完全不一樣！」

「我知道你非常喜歡小實姐，我也很喜歡她，但就事論事，小實姐的出走分明傷害到了她的家人，同時也傷害到我喜歡的人，所以我就是不喜歡事情變成這樣，我也沒辦法喜歡會做出這些事情的她！」

「是嗎？我問妳，假如有個人一直以來始終保護著身旁所有人，忙得沒有一絲休息的時間，即使肩負這這樣重要的責任，也從無怨言；然後，沒有人知道她的努力，沒有人體諒過、關心過、問候過這個人；然後，我們還要強迫她去做一件她不喜歡的事，讓她苦惱、讓她焦慮——妳說，要是這個人有天忽然承受不住壓力，做出了讓我們受到傷害的事，妳還是會覺得無法喜歡這個人嗎？妳說說看呀！」

我發出像野獸般的狂吼。

「姚子賢！」小千咬著嘴唇，害怕地看著我，「你可不可以不要發這麼大的脾氣？」

「啊……」我這才意識到自己的失態，「我……我只不過是……我只不過是因為小實姐離家出走，唉，我也是覺得心情很亂，才會那樣子說的。」

「噢……」我向小千道歉，「對不起，我剛剛失控了。」

「沒關係。唉……看來小實姐的事對你的打擊很大，可是請你不要忘記，姚子賢，還有很多人陪在你身邊。」小千說完便不再開口。

我很感激小千默默的體諒。

回家的路上，夕陽如往常一樣散發出金黃的矇矓光芒，但我只覺得今天的陽光比任何時候都更加寒冷。

也許是因為寂寞吧！

想到要回去那個沒有姐姐的家，對我來說，那只不過是一間屋子罷了，根本不能稱作是「家」。

爸爸、媽媽這一個禮拜以來，是不是也承受著這樣子的煎熬呢？

其實，我們並非完全失去了姐姐的消息。

每天，電視機裡、報紙上，滿滿地都是關於姐姐的新聞。繁星騎警今天出席了什麼樣的活動、什麼樣的典禮，有剪綵儀式、有健康路跑……總之五花八門。

可是，正因如此，更令人感到寂寞。

那天晚上後，姐姐再也沒有主動和我們聯繫過，好幾次撥打她的手機號碼，也都沒有人接聽……好像，原本牽繫在我們中間的那條線，被什麼人用剪刀剪斷了一樣。

看著熟悉的身影出現在電視螢幕、報紙頭版上，卻覺得那個人好像再也不是我所認識的姐姐了。

繁星騎警的笑容，真的是發自內心的微笑嗎？

媒體的相關報導，永遠無法滿足我們真正的疑問：妳在哪裡？妳在做什麼？妳過得好嗎？

我們還能夠再見面嗎？

與小千並肩而行，這一段路上我們都沉默不語。

「嗯？」

忽然，小千停下了腳步。

「怎麼了？」我關切地問道。

小千皺起眉頭，四處張望著，問了一個讓我覺得很奇怪的問題。

「這裡是哪裡？」

「什麼這裡是哪裡，這條路不就是我們回家必經的……咦？」

我話說到了一半就慌慌張張地停了下來，因為我發覺自己的話似乎不再能那麼順理成章地脫口而出了。

這裡是哪裡？

我從未看過這街巷的景色，四周是陌生的建築、陌生的房舍，空氣濕冷而汙濁，我們為什麼會走到這個地方來？

「姚子賢，是你嗎？」小千不安地說：「你帶我們走到這麼偏僻的地方做什麼？」

「不、不是我啊！我是跟著妳走的。」

「那怎麼可能？」小千按著腦袋說：「我從不認識這個地方……好像……好像腦袋裡頭有一個聲音告訴我來這兒。」

「我也是……」

突然之間，我好像明白了什麼。

「不用費神猜測了，是我要你們來這兒的。」

我們連忙轉過身，在街角的陰影中，慢慢走出了緊那羅的身影。

「兩位小朋友，現在就是甕中捉鱉的時候啦！」

一雙陰冷、潮濕的手掌突然搭在我們的肩上，嚇得我起了一身的雞皮疙瘩。這股極不舒服的感覺，打從心裡教人噁心。

摩呼羅迦的臉出現在我與小千之間。

「黑暗星雲的怪人！」

我急忙旋身，掙脫摩呼羅迦的掌控，但下一秒，我的肚子中了一拳，火辣辣得像是穿了一個大洞。當我意識到時，已經整個人飛了出去，向後翻了好幾個跟斗。

「不要傷害他！」

「閉嘴！低賤的人類，你們的叫聲還是一樣這麼難聽！」

摩呼羅迦手上猛然用力，痛得小千捂著肩膀尖叫起來。

「你……你放開小千！」

「姚子賢，不要管我，你……呀啊啊啊！」

摩呼羅迦又加重了力道，我甚至聽到了極不吉利的骨頭碎裂聲。

「小千！」

「我……我不要……緊……」小千氣若游絲，卻仍掙扎著說道：「你……不……不能……啊啊啊啊……」

「哼！臭ㄚ頭，妳該慶幸我不會殺死他。」摩呼羅迦迫使小千跪下，又拖著她走到我身前，「他可是我們重要的座上賓，我們會保證他的人完好無缺。」

「你是什麼意思？」

「還記得上次在一純百貨公司廣場發生的事件嗎？姚子賢，不要裝傻，我注意到繁星騎警和你之間似乎有著極為緊密的牽連，否則當時你們不會表現出那樣著急的神色，彼此迴護。」緊那羅走到我身邊，「所以，我覺得有必要『請』你過來好好款待一下，也許你會是吸引繁星騎警上鉤的絕佳釣餌！」

「你、你抓錯人了，我壓根不認識繁星騎警。」我忍著痛說：「繁星騎警是小鎮的英雄，她對所有鎮民一視同仁，關心每個人的安危。」

「是嗎？我可不這麼認為。人類情緒反應的波動，都無法逃過我的雙眼，在你們彼此受到襲擊時，繁星騎警和你明顯表現出比其他人更為激昂的情緒波動。」緊那羅說。

「你……總之，你誤會了。」

「是嗎？不管是不是我誤會了，就算你對繁星騎警來說只是個普通人，也不代表你不具有人質的價值。摩呼羅迦，把他帶到我們在一純百貨公司設立的祕密基地吧，我想某個傢伙一定早就等不及了。」

「哈哈，說得也是。」

說了半天還是要把我抓走嗎？可惡！至少……至少放過小千。

「我們只需要你就夠了，至於這個女孩……」緊那羅瞥了小千一眼。

這是、這是最後的機會了，我的眼神燃起一絲希望。

「沒有用了。」

什麼？

摩呼羅迦把小千高高舉起，接著單掌併攏成劍，狠狠貫穿了小千的身體。

霎時間，我的腦袋徹底停止思考，小千溫熱的鮮血濺到我臉上——一切都已來不及了。

「不——」

小千掛在摩呼羅迦手上不停地抽搐著，臉上盡是不可置信的表情。

她的雙眼圓瞪、流著淚、口裡吐出鮮血，那副悽慘的面孔將會永遠烙印在我的腦海裡。

「小千！」我發出撕心裂肺的慘叫。

摩呼羅迦哈哈大笑著，把沾滿鮮血的手從小千疲軟的身體裡抽出，接著像丟垃圾一樣將她隨手扔向遠方。

我怒不可遏，不知從哪裡生出一股力量，驅使我的雙腳站起，我的拳頭注滿無比的憤怒，撲向摩呼羅迦。

「你、你這個惡魔！」

「還學不乖嗎，小子！」

只可惜我們之間的力量差距實在太大，摩呼羅迦輕易地閃過了我的攻擊，趁著我的重心不穩時，用手刀朝著我的後頸一劈。

「呃咳……」

我一陣暈眩，再也沒有任何知覺。

這裡……這裡是哪裡？

好暗、好暗。

我發現自己正坐在一張椅子上，四肢都被捆綁了起來，無論我怎樣使勁掙扎，這繩索依然紋風不動。

一輪月光透過碎裂的玻璃窗照射在我前方。

窗外有棵很大的耶誕樹，很大，大得不可思議。

忽然間，我的腦海浮現出小千死前的模樣，胃部猛然一緊，忍不住呻吟出聲。

「醒了？」一個渾厚的男聲突然問道。

這個聲音既不屬於緊那羅，也不屬於摩呼羅迦，我抬起頭，驚覺在陰影之中坐著一個高大魁梧的人。

「這裡……是哪裡？」

「這裡是一純百貨公司，如果你還沒恢復元氣，最好別說太多話。」

「你……你又是誰？」

「我是迦樓羅，黑暗星雲成員。」

我眨了眨眼，逐漸適應黑暗後，總算得以看清迦樓羅的形貌。我當然認識迦樓羅，可是這個時候我必須裝作自己完全不認識他。

迦樓羅似乎沒有傷害我的意思，若沒必要也幾乎不說話，他像一尊鋼鐵雕像一樣坐在木箱上，抱著胸口面對黑暗。

我記得他平素就是個沉默寡言的傢伙，除了天智魔女交代的任務外，從不關心任何事。但據說他在四個護衛裡是戰力最強的一個，摩呼羅迦也不是他的對手。

「你……你們設下陷阱要對付繁星騎警？哼！她不會來的……就算、就算她來了，你也不可能戰勝得了她，你這只會耍陰謀詭計的怪人。」

「陷阱？」迦樓羅的聲音裡帶著一絲不以為然，「這並非陷阱，我將與繁星騎警一對一地公平單挑。」

「你？和繁星騎警？」

迦樓羅點點頭，「是的，身為武士，我一直很想和繁星騎警交手。雖然這做法有點不光明正大，但是想跟繁星騎警一對一戰鬥，沒有其他更好的辦法了。若在侵略行動中對上繁星騎警，周圍礙手礙腳的人類會讓雙方都無法發揮全力，因此我不得不出此下策。」

迦樓羅這個怪人，好像與其他怪人有些不一樣。

我滿懷著怒意說：「不要裝清高，你這個偽善者！就因為你……你的『有點不光明正大』的手段，害我的朋友失去了性命啊，你知道嗎！」

「我們是敵人。」

「咦？」

「我是黑暗星雲的一分子，是你的敵人。黑暗星雲的目的就是侵略一純鎮，任何的侵略行動都不可能沒有犧牲，只能說你的朋友十分不幸運。況且，如果人類的死需要有人承擔責任，那麼繁星騎警摧毀了那麼多怪人，又有誰要替他們的死負責？」

「你……你怎麼能把我們和你們相提並論，我們是人類，而你們只不過是怪人呀！」

「怪人就不是生命嗎？」

「呃……」

迦樓羅站了起來，「請不要用人類狹隘的眼光看待世界。閒話到此為止，我只能保證不論戰鬥期間或戰鬥結束後，你的安危都不會受到任何威脅。其他的事，你最好乖乖配合。」

我正想開口反駁，一隻陰冷潮濕的手掌忽然摀住我的嘴，手掌上傳來一股讓人厭惡的血腥味。

「嘿！迦樓羅，沒想到你會對一個人類這麼多話。」

是摩呼羅迦的手。一想到就是這隻手奪去了小千的性命，我就恨不得一口咬爛它，但是我的嘴卻立刻被塞進了一條毛巾。

「摩呼羅迦。」聽迦樓羅的語氣，似乎對於這個同伴很不屑，「現在狀況如何？」

「放心，順利得很。」摩呼羅迦露出了奸詐的微笑，「緊那羅已經將消息告知繁星騎警，相信再過不久她就會出現了。對了，我先把這小子帶開吧！」

「嗯。」

「嘿嘿……既然繁星騎警很快就要到了，那這小子應該也沒有用處了吧？嘿嘿嘿……」

「摩呼羅迦，我已經向他保證過他的人身安全，如果你想打什麼歪主意，我勸你早點放棄。」

「啊？你說什麼？你這是什麼語氣？」摩呼羅迦轉過頭去，凶惡地說。

「別動他，我不想再說第二遍。」迦樓羅淡淡地開口。

摩呼羅迦發出了嘶嘶的氣音，像是極為憤怒，然而他卻沒有勇氣對迦樓羅動手。

「跟我來，臭小子！」

摩呼羅迦硬拖著椅子上的我往更深處走，這段路程顛顛簸簸，讓人異常難受，最後摩呼羅迦終於停止了對我的折磨，把我扔在一個在隱蔽的地方後就消失不見了。

寂靜圍繞著我，起先令我感到十分焦慮，深怕摩呼羅迦會改變心意，回來對我做出什麼殘酷的事，可是過了許久，依然什麼動靜也沒有。

我沉澱心情，觀察四周狀況。

雖然有段距離，但是從此處仍可看見迦樓羅的身影。

他不急不徐地纏繞著手腕上的布，看起來氣定神閒。接著，一道身影從另一個方向出現，慢慢朝他走了過去。

「怪人？」

「繁星騎警。」

是姐姐！姐姐，我在這裡！我激動得想要大喊，但嘴巴被毛巾塞住，只能發出嗚嗚呻吟。

「我是迦樓羅，很抱歉用了這種手段讓妳來到這裡。」

「廢話少說，他在哪？我要見他。」繁星騎警的聲音聽起來怒氣沖沖。

「辦不到。」迦樓羅搖搖頭，「我只能保證他現在完好無缺，沒有受到丁點傷害。」

「憑什麼要我相信你？」繁星騎警暴怒地揮出拳頭，打在身邊的衣櫃上。

轟！衣櫃登時粉碎。

「這個東西就是你接下來的模樣。在我把你打成碎片前，把我弟弟交出來！」

「原來他真的是妳的弟弟……」迦樓羅嘆氣道：「既然如此，我更不可能把他交給你。繁星騎警，我以人格向妳擔保，妳的弟弟確實沒有性命之憂。我是黑暗星雲最強大的怪人，生下來就是為了與強大的對手正面戰鬥，我行事光明磊落，不需要使用奸計或小手段。」

「嗯？」

他拍著胸脯，「請妳相信，最後我一定會讓他安全離開，只是有個條件。」

「我希望與妳公平決鬥。無論妳是勝或負，我都不會為難妳弟弟……妳贏了，就將人帶走；妳輸了，我也會讓他平安離開。」

繁星騎警沉默不語。

「繁星騎警，難道妳不想印證妳我之間誰才是最強的一方嗎？」

「我不在乎那種東西。」繁星騎警搖搖頭，「我只要我的弟弟平安回來。」

「那妳就更該與我一戰，接招吧！」迦樓羅說完舉起拳頭，猛然撲向她。

PRODUCTION



# 還沒長大的戰士

08

雙方的戰鬥就此展開。

眼前的景象看得我心驚肉跳，從來沒有怪人能和繁星騎警打得如此勢均力敵。

迦樓羅的第一擊，擊中了繁星騎警原先所在位置的地板，霎時之間，木屑、石屑齊飛。

煙塵中，繁星騎警陡然現出身影，一個掃腿俐落地踢向迦樓羅後腦，可是他連看都沒看，便輕易地閃過了攻擊。

迦樓羅回身，發出獅子般的怒吼，抓住繁星騎警的腳，把她摔向地上。繁星騎警在最後一刻用雙腳夾住迦樓羅頸部，兩人一齊摔倒在地，一秒鐘過後，又雙雙爬起，凝神對峙。

迦樓羅不斷發起猛攻，他的每一拳看起來都有排山倒海之勢，雖然體型龐大，身手卻異常敏捷，矯健如出閘的猛虎，在力量中蘊含著速度。

反觀繁星騎警，她嬌柔的軀體，發揮出令人訝異的可怕力量，粉碎了所有阻擋在她前面的東西。她以輕靈的身姿打出無數包含著恐怖勁道的攻擊，呼嘯的腿氣拳風彷彿巨龍咆哮，在速度中蘊含著力量。

他們沉著地防守著，狂暴地進攻著，誰也贏不了誰，誰都在找尋著彼此的破綻。

黯淡的月光下，他們越打越急，越戰越快，彼此的身影模糊地融在一起，彷彿失去了所有界線。但是粗吼、喘息聲卻連綿不息，刺激著我的心臟就像擂鼓一樣瘋狂跳動。

「太好了，繁星騎警，果然妳就是我夢寐以求的真正對手。」

「一點都——不好！」

近身交戰時，繁星騎警被迦樓羅抓住了雙腕，她旋即粗暴地反擊，把頭向上一頂。迦樓羅立刻鬆開雙手，痛苦地按住自己的下巴退了兩步，他的神色雖然疼痛不堪，卻遮不住眼底的濃濃喜悅。

「你們為什麼要一而再、再而三奪走我喜愛的人？」繁星騎警銳聲質問道。

「繁星騎警，妳哭了？一個武士不該如此軟弱。」

傾瀉的月光下，繁星騎警的臉上落下了銀白色的眼淚。

「我……當我知道我弟弟被抓走……」

「我不清楚詳細情形，但是緊那羅應該有好好傳達我的意思，不會讓妳在決鬥前因為焦急而分心才對。」

「不，我沒有遇到你說的那個人。」繁星騎警吸了吸鼻子，抽噎著說：「告訴我的人……告訴我的人其實是小千。」

「小千？」迦樓羅驚訝地表示：「難道是跟妳弟弟一起遇上摩呼羅迦的那個女孩？原來她沒死。太好了，繁星騎警，這樣妳更應該心無旁騖地與我一戰。」

繁星騎警搖了搖頭，斷斷續續地說：「你……你不明白，你沒看見小千當時來找我的樣子，她真的是拖著性命來的。她……她傷重得都快死掉了，她還是來拜託我，拜託我救人……我一答應她以後，她……她就……醫生說她、她現在正在加護病房裡，隨時都可能會……」

繁星騎警再也說不下去了。

迦樓羅聳了聳肩，「我很敬佩那位少女的堅強，如果她不幸亡故，我會去向她上香致意。」

「都是因為你們這些怪人自私的想法，才會害小千失去寶貴的性命，而你們竟絲毫不知悔悟！」繁星騎警憤怒地高喊起來：「我絕不會原諒你們！」

「就是要像這樣，繁星騎警！妳的憤怒讓妳的力量更加強大了，這樣打起來才會有意思！」

迦樓羅痛快地喊著，迎向面前的對手。

小千！

不，小千！

為什麼會變成這樣？

雖然我的嘴巴無法發出任何聲音，可是我的雙眼卻還能為了小千掉淚，我的視線變得一片朦朧。

濕潤的淚水輕柔地沿著我的臉龐滑下，可是我乾涸的嘴唇、乾涸的心靈，再也無法獲得滋潤。

因為此時此刻，我失去了一位最重要的朋友。

甚音

「厄影，厄影！」

正在心神動搖之際，忽然聽見耳邊有人細聲呼喚我的名字，我驚訝地眨了眨眼。

「噓……不要出聲，啊！你看起來好像也沒辦法出聲。忍耐一下，我馬上幫你鬆綁。」

回過神來，出現在我身邊的，竟是冷夜元帥。

她取下了塞在我嘴裡的布條，我的嘴巴一重獲自由，馬上迫不及待地問她：「妳怎麼會在這裡？」

「我在黑暗星雲裡聽到了這次計畫的簡報，他們竟誤以為你是和繁星騎警有關的人物，我沒辦法阻止怪人的行動，只好偷偷趕到這裡救你。」

冷夜元帥努力地解著捆住我的繩子。

「他們殺了小千……」我忿忿地說。

「我知道……」一瞬間，冷夜元帥露出相當痛苦的神色，「我也失去了一位……很寶貴的朋友，可是現在最要緊的，是先把你救出來。」

「現在最要緊的事，是把你們兩個都宰了。」

「什麼人？」

冷夜元帥吃驚地倒抽一口氣，還沒有把我身上的束縛解開，她反而先驚叫一聲，跌到了地上。

「冷夜！」

我看向聲音的來處，咬牙切齒地說道：「摩呼羅迦！」

可惜我動彈不得，不能上前暴打他一頓。

「沒想到一個不注意，就有小老鼠跑進來咬麻繩。唷！仔細一看，這隻老鼠長得還真是挺面熟的呢！原來黑暗星雲裡一直有內鬼，難怪你們過去老是成不了什麼大事。」摩呼羅迦一臉戾氣地自陰影中走出。

「你說誰是老鼠？」

「哼！臭丫頭，老子沒時間跟妳逞口舌之快了。」摩呼羅迦掉頭望著激烈搏鬥的迦樓羅與繁星騎警，露出惋惜的神色，「看起來迦樓羅快不行了。既然如此，也沒有必要繼續留著你。」

摩呼羅迦雙眼露出凶悍的精光，我被他看得脊背一寒，心想大事不妙。冷夜元帥急忙從地上爬起，阻擋在我面前。

「住手，呀啊！」

「冷夜！」

冷夜元帥被抽了一鞭，臉上的面具碎成兩半，捂著臉痛苦地倒在地上。

摩呼羅迦這個混帳，居然抽她的臉？

我憤怒地叫著：「你這傢伙，居然對自己組織的幹部動手？」

「你說什麼幹部？我只看見一個叛徒。」摩呼羅迦不屑地笑道，「我不過是在清理門戶，虐虐你們只是剛好而已，反正你們很快就要變成死人了，死人是不會洩漏任何祕密的！」

「你這傢伙，住手，只會打女孩子算什麼英雄好漢？」

摩呼羅迦對我的挑釁充耳不聞，我眼睜睜地看著他再次高高舉起長鞭。

長鞭呼嘯落下，擊向毫無反抗能力的冷夜元帥。

咻啊！

……咦？怎麼回事？

冷夜元帥睜開雙眼，發現自己依然好端端的，忍不住發出驚呼。就連我也因為這神奇的發展而一時間不知該做何反應。

「為什麼妳還沒死？」摩呼羅迦氣急敗壞地大喊：「是誰壞我好事？」

我看向長鞭的末梢，它捲在一個人的手臂上，而當手臂主人的模樣逐漸清晰，我驚訝地認出了她的身分。

「是那天我們在巷子裡頭救出來的女人？」

「誰是被你救出來的啊？我不是說過不用靠你，我們也能夠……」

「好了，妳就不要跟他計較了。」

另一個女子的聲音在我背後響起，我抬起頭，見她正對著我微笑，「不要動喔，馬上替你鬆綁。」

女子手腳俐落地幫我解開了繩索，啊啊！重獲自由的感覺真好！我馬上站起來活動筋骨，同時探視冷夜元帥的傷勢。

「妳們是誰？」

摩呼羅迦厲聲質問，然而他的對手只是朝他投以一個冷淡的視線。

脾氣不好的女子像是覺得很乏味地說：「安靜一點，人工生命體，這裡沒有你對主宰者發話的餘地。」

「可惡！」

摩呼羅迦暴怒地抽回皮鞭，可是任憑他怎樣用力拉扯，鞭子依然紋風不動。

說起來，剛剛皮鞭抽下去時，那女子難道都不會痛嗎？她明明是以自己的手臂擋住了摩呼羅迦的鞭子。

「混帳東西，妳到底用了什麼巫術？」摩呼羅迦索性放棄鞭子，狂怒地朝著女子衝去。

「小心！」

女子看也不看猛衝過來的摩呼羅迦，就在那鋒利爪子即將抓中她的前一刻，她輕輕地抬起手腕，用食指在摩呼羅迦的胸口戳了一下。

「自不量力。」

啪砰！

接下來的景象真是不忍卒睹，血霧誇張地在我們面前噴開，從此世上再也找不到半點摩呼羅迦的蹤跡了。

我驚訝得說不出話，不知道自己到底是該恐懼還是該高興。

「好了，不要緊張，現在你已經安全了。」替我鬆綁的女子朝我露出友善的微笑，「我們向來有恩必報，這樣你之前幫助我們的恩情就算還清了。」

然而我還有很多疑惑沒有解開，第一個問題便是：「妳們是怎麼知道我在這裡的？」

「我不是之前有送你們一件禮物嗎？我說過那是護身符吧！」

「咦？」

我急忙摸了摸自己的衣服，掏出之前她們送給我和小千的那顆玻璃球。

小千把這兩枚飄著藍色雪花的玻璃球體做成項鍊，要我帶在身上。藏在玻璃球裡的雪花飄動飛舞，而最中間的那枚晶體依舊閃閃發亮。

「這件物品在你們遭逢急難時會主動發出信號，通知我們前來幫忙。幸虧你們有把它帶在身上，剛好救了自己一命。」

「妳們究竟是誰？」我戰戰兢兢地問道。

「這個嘛……」女子在嘴邊豎起了食指，「有些事不要牽扯其中比較好，我建議你最好把關於我們的一切統統忘掉。」

看來她們是不可能回答了，但我的心中還是充滿疑惑。

女子抬起頭，稍微看了看遠處，「γ-12星人的戰士？雖然看起來還很年輕稚嫩，但是不可能會輸給人工生命體吧！」

她們竟然看得出繁星騎警的真面目，我再一次地感到訝異。

「好了，這裡沒我們的事了，該離開了。」女子說完和她的同伴一起轉身，準備離去。

「等一下！」我急忙在她們後頭喊著。

「不用擔心！」女子彷彿看透了我全部的想法般，聲音從遠處飄來，「你的朋友現在已經沒什麼大礙了，離開這裡後就去找她吧！」

說完，她們便凌空飄起，退進深邃的黑暗中。

另外一頭的戰鬥也已邁入尾聲。

迦樓羅與繁星騎警四周的戰場，簡直像被颱風掃過一遍似地，找不到任何一件完整的物體。

在凌亂飛散的碎屑破片中，兩個人身上都血跡斑斑，毫無保留地使出了駭人的力量。當他們踏過地面，腳下地板立刻一寸寸地碎裂成片，周圍的空氣則因為雙方拳腿的亂舞勁道而哭號不已。

這場戰鬥根本沒有人類介入的餘地，我和冷夜元帥只能躲在最遠的距離悄悄觀看，不敢過分靠近。

「繁星騎警……」此刻有黑暗星雲的冷夜元帥待在身邊，我還真不知該支持哪一邊才好。

戰到後來，迦樓羅擊碎了繁星騎警身上的盔甲，可是他自己的情況也不理想，已經逐漸守多於攻，呈現節節敗退的局面。而繁星騎警的呼吸雖然急促不勻，可是她的力量比起開戰時，好像增長了許多。

「真是可怕，妳的力量似乎不會因為體力流失而減少，反而變得更加強大。」

現在繁星騎警的手臂隨便一掃，就能在空氣中激盪起猛烈的風壓，風刀就如真正的刀片般銳利。

「妳還沒有完全發揮真正的潛力，妳只是個小孩子對吧？」

繁星騎警沒有答話，事實上她根本沒辦法答話，氣喘不已的她，看起來比迦樓羅更為狼狽。不過，兩人現在都只能以遲緩的速度互相拆招肉搏。

然而對繁星騎警有利的是，迦樓羅對她的攻擊已漸漸無力起來，但是迦樓羅每一次擋住她的攻擊卻都要悶哼一聲。

「妳這麼年輕就要擔負戰士的職責，真不知是好是壞。今天能和妳交手，我已經覺得很盡興了，唯一讓我遺憾的是，無法與發育成熟的妳再較量一次。不過到時候，恐怕妳用一根小指就能打敗我了吧。」

迦樓羅惋惜地嘆了口氣，「我生來就是為了戰鬥而存在，與強大的對手對戰而死，對我來說是種無上的光榮。來吧，繁星騎警，下一招就把勝負了結。」

繁星騎警慢慢側過身體，將手臂拉弓到極限，積蓄著力量，而迦樓羅則是露出了無畏的表情，來勢洶洶地朝著繁星騎警衝了過去。

繁星騎警大喝一聲，沉著地揮出拳頭，迦樓羅雖然想要閃躲，但是繁星騎警的速度早已超過他的反應。迦樓羅一咬牙，拚著一隻手臂被打斷的代價，另一隻巨手狂亂地揮向繁星騎警的臉龐。

唰啊！空氣中發出某種物體碎裂的聲響。

「啊！」迦樓羅輕呼一聲，無奈地看著手中破碎的面具，「沒想到我全力一擊，也只能勉強摘下妳的面具……請告訴我，妳究竟是不是人類呢？」

繁星騎警……不，是露出真面目的姐姐沒有回答，俏麗的容貌在月光下微微顫抖。

接著，她猛然出拳，重重地擊中迦樓羅的胸膛。

迦樓羅發出一聲帶著滿足與遺憾的嘆息，全身的骨頭都在這一擊之下化作齏粉，口中噴出鮮血，頹然向後飛退。

砰的一聲，這名痴狂於武道的怪人就此倒落塵埃。

四周的牆壁與天花板紛紛坍塌下來，將迦樓羅永遠地埋葬。

目睹了這場對決的壯烈終局，我和冷夜元帥心情激動，看著繁星騎警站在戰場中央，沉浸在惡戰甫休的氛圍裡，有好一陣子，她就只是靜靜地站在月光下，一動也不動，好像一尊雕像。

過了一會兒，我們才猛然清醒，急忙從藏身處站起身。

「是誰？」繁星騎警轉頭問道。

我吞下即將脫口而出的「姐姐」兩個字，迫不及待地奔向前去。

「……繁星騎警。」

可惡，好短暫，卻又好漫長。

「妳沒事吧？」

「姚子賢！」

繁星騎警雖然疲累，但在見到我時仍洋溢著無法言喻的喜悅，高喊我的名字。她張開雙臂，我也毫不猶豫地衝進她的懷中。

「幸好……幸好你沒事。」

繁星騎警……不，姐姐的雙臂緊緊環抱著我。

「我都快擔心死了。」姐姐拚命地搔著我的頭髮說：「我以為我差點就要失去你這個弟弟了……」

「對不起，讓妳擔心了。」

「嗯，沒關係，你沒事就好。咦，為什麼小綾也在？小綾妳怎麼會在這裡，快過來呀！」

「妳為什麼會知道我的名字？」

冷夜元帥從殘垣敗壁中走出，當她看見沒戴面具的繁星騎警時，頓時詫異地捂住了嘴。

「會叫我小綾的人只有一個，而且、而且妳剛剛還喊姚子賢『弟弟』……難道說……」

冷夜元帥，不，黃之綾不敢置信地搖著頭，然而，無論她再怎麼想要否認，擺在眼前的現實也令她無法欺騙自己。

「姐姐，不要！」我慌忙地大喊。

「沒關係的。」繁星騎警看著我，溫柔地回應道。

姐姐撥開了散覆在前額的頭髮，毫無保留地在黃之綾面前顯露出她真正的樣貌。

PRODUCTION

姐姐是地球英雄，弟弟我是侵略者幹部

# 繁星騎警，當揭下面具之時

09

我來到一純鎮上最大的公立醫院——一純醫院。

我很少會來醫院，因為體內的 γ-12 星人血統能加快傷口癒合速度，就連一般的疾病、感冒都奈何不了我。

雖說如此，距離我上一次來到這裡其實也沒過多久。

當時我被怪人帝王蟹夾得手臂粉碎性骨折，不得不到醫院做緊急治療，因為只有打麻醉針才能解除那種劇痛。

自動門一打開，便聞到那總是遍布在醫院裡頭的消毒劑氣味，還有藥品的氣息也隨之撲面而來。

醫院是一個二十四小時從不停止運轉的巨大齒輪，每個人都像精密鐘錶裡頭的零件般緊密地連繫著，只要有一個環節出錯，就會延伸出許多問題。在醫院任職的人都非常辛苦，但他們同時也是這個社會的精英。

放眼望去，醫師與白衣天使們忙碌地走來走去，推著一床床的病患及輪椅，從走廊的這端急促地赴往彼端。

雖然和繁星騎警不同，他們沒有擊潰侵略者怪人的強大力量，然而他們同樣堪稱是這座小鎮的守護者，在另一個戰場中與絲毫不遜於邪惡組織的敵手對抗。人類已和這個敵人作戰了極為漫長的歲月，它的名字叫做死亡。

我經過候診大廳附設的長椅，有些坐在椅子上等候叫號的病人神情麻木，彷彿失去了對生命的熱誠及渴望。對久病難癒的人來說，真正難以忍受的往往不是身體的痛苦，而是自己心中的疲憊；然而也有病人從未放棄對未來的希望，即使面對苦難，他們心靈的脊背依舊是那麼地堅挺。

他們的確被一種不可名狀的事物給分隔開了，我不知那是什麼，但是我想，不管面對什麼樣的戰鬥，最大的對手往往不是敵人，而是自己吧！

我很快找到大廳中央的黃之綾，她穿著一身碎花小洋裝，簡單而樸素，手上提著一個水果籃。

「抱歉，等很久了嗎？」

「沒事，我才剛到。」

「那，我們趕快上去吧！」

黃之綾點了點頭。

我們繞了一小圈，找到通往住院病房的電梯。離開候診大廳後人潮少了很多，當我們坐上電梯時，裡頭正好沒有其他乘客，我們便放心地交談。

「不好意思，當天讓妳大吃一驚了對吧？」

直到現在，這件事我還是有些難以向她啟齒。

不管怎麼說，我——姚子賢，也是厄影參謀——身為侵略組織的幹部，卻也是黑暗星雲中最大的叛徒這一點，對於熱愛著黑暗星雲的冷夜元帥而言，肯定是相當難接受吧？

果然，黃之綾的臉色十分複雜。

「對不起，我不是故意瞞著妳的。」我誠摯地對她說：「我一直想要保守這個祕密，不單是為了姐姐。無論是妳、幻象隊長，或者是萬智博士，對我來說都是很重要的朋友，我並不想傷害你們。」

「事已至此，再說什麼都沒有意義了。」黃之綾淡淡地說，「你有你的苦衷，我可以理解，我相信沒有人會希望自己的家人受傷的。」

「嗯，謝謝妳的體諒。」

電梯緩緩上升，一股讓人不知如何是好的沉默隔在我們之間，我只能滿懷愧疚地搓著手指頭……

如果能夠消除這尷尬的氣氛就好了！

「不過，其實我覺得你的行為倒也沒那麼可惡。」黃之綾突然開口說。

「咦？」

「我隱約覺得，大魔王陛下早就知道你的動機不單純了。話說回來，我真懷疑有什麼事瞞得過大魔王陛下嗎？」

「妳是說……」

「大魔王陛下應該明知你是黑暗星雲的內鬼，卻還是讓你留在組織裡面，他這麼做有什麼原因呢？我想唯一的解釋，定是因為大魔王陛下覺得很有趣吧！」

「妳說有趣？」

「姚子賢，你覺得大魔王陛下是真心想要侵略一純鎮嗎？」

我吞了吞口水，猶豫了一會兒。

這個問題的答案，跟我心中對大魔王陛下的尊敬很有關聯，可是我還是回答道：「不，我想不是。該怎麼說呢，我覺得大魔王陛下做這些事，其實只是為了……呃，為了……」

「為了好玩。」

「對！哎呀，沒想到妳居然能這麼直截了當地說出口。」

「真是的，居然挖苦我。」黃之綾不滿地戳了戳我的腰，「我也是很崇敬大魔王陛下的好嗎？但我越是觀察大魔王陛下的一切，就越覺得他的心思真是難以猜測。」

「的確，以大魔王陛下的能力，如果他真的有心侵略，一定只消短短幾天就能將小鎮徹底征服完畢了吧！況且，以他深不可測的能力，怎麼會選擇我們這個名不見經傳的小鎮作為他侵略計畫的目標呢？」

「怎麼想都讓人覺得很奇怪吧？」

「確實很奇怪，所以妳要說的是，其實我們所做的一切，都只是在陪大魔王陛下玩遊戲嗎？」

「我的確是這樣想，而且……」黃之綾吞了吞口水，稍微改變了站姿的重心，「而且我不覺得這樣有什麼不好。在戴上面具變成冷夜元帥的這段期間，我感覺自己好像不再是自己了，我玩得很愉快。」

「我也這麼覺得。」我抬頭望著電梯上方的白色燈管，「化身為厄影參謀的時候，我彷彿在經歷一場精彩的冒險，身邊跟著許多珍貴的好朋友，一起創造美好的回憶。」

「還記得我們一起解決萬智博士事件的那個時候嗎？」

「當然記得。」我微微笑，「從那個時候開始，妳跟我，還有幻象，以及萬智博士，我們之間的友誼變得更加牢固，那是黑暗星雲裡的任何人都沒辦法取代的。」

「只有友誼喔？」黃之綾嘟噥著輕輕踩我一腳，「還真是不夠意思，難怪有人說你是塊大木頭。」

「我、我怎麼了嗎？」為什麼黃之綾看上去有些失望？

我納悶地看著黃之綾，但她只是搖了搖頭，接著說道：「對我來說，那也是一次無可取代的經驗。厄影，不，姚子賢，雖然我發現你是黑暗星雲的背叛者，可是我卻依然把你當作朋友……如果我這樣說，你會不會覺得很奇怪啊？」

「咦咦？」

「會很奇怪嗎？但是，不管你是什麼身分，好像都無損於我們一起經歷的那些回憶。我們一齊創造過美好的回憶，這才是最珍貴的。我想，大魔王陛下希望我們察覺到的，會不會就是這件事呢？」

「怎麼說？」

「所謂的侵略，指的並非破壞、毀滅。對於在黑暗星雲的我們來說，侵略小鎮，其實是向日常生活中的自己挑戰。」

黃之綾伸出手指指著我，再指向自己。

「我為了逃離政治世家兒女的宿命，隱藏了原有的面貌，躲進黑暗星雲裡。其他人大概也是一樣，有著各自的理由。我們的侵略，是想向這個小鎮證明什麼，或是改變什麼，總之，絕不可能是毀滅它。」

「可是，我並沒有要逃離什麼東西呀？」

「那是因為你的理由跟別人不一樣！」黃之綾瞪了我一眼，「你比較……特殊，不，毋寧說是變態──你是為了姐姐！」

呃，被黃之綾這麼一講，我究竟該如何辯駁？

黃之綾輕輕垂下了視線。

「因為，要不是這樣，我們也不需要戴上面具。這幾天以來，我不停思考著那天大魔王陛下對我們說過的話。」

「你是說，黑暗星雲裡每個人都必須戴著面具的理由？」

「是的。戴著面具的我們，雖然假裝自己不再是自己了，可是事實上，我們不可能真的因此把自己分割成兩個靈魂。就像我無論如何也沒辦法將冷夜元帥與黃之綾完全切割，我們會互相影響，甚至我們互相認識。」

黃之綾看著我的雙眼。

「姚子賢，我認識你，而冷夜元帥認識的卻是厄影參謀。你覺得，當你身為姚子賢與身為厄影參謀時所認識的我，站在你面前會是不一樣的人嗎？」

「當然不會這樣想。」我旋即回應道，「可是，妳又怎能確定這是最正確的答案？」

「我也不曉得。」黃之綾說：「就只能相信了吧！」

只能……相信了嗎？

我眨了眨眼。

黃之綾繼續開口：「可是，有一點我非常肯定。」

「哦？」

「必須制止天智魔女。否則，我所熱愛的這個小鎮，以及我所熱愛的人們，都會被她傷害。」

「這是一定的。」我握緊了拳頭，「我們不能坐視不管。」

因為天智魔女脫序的行為，害得小千差點送了命，再這樣放任她下去，不知還會有多少人因此遭逢不幸？

對於黃之綾所說的事，我雖然暫時還不能完全理解，可是，卻隱約覺得那大概就是最貼近事實的答案了。

大魔王陛下，想為我們創造回憶。

可是大魔王陛下想為我們創造的，是什麼樣的回憶呢？

啊！我想起了大魔王陛下先前在我和天智魔女面前所說的事，當時的談話內容也與面具有關。

戴上面具的厄影參謀雖然是我，但姚子賢也依然是我。我們最初戴著面具參與黑暗星雲，或許是為了脫離原本身在小鎮之中生活的自我，可是，不管怎麼樣，面具並不能真正地遮掩住自己。

到頭來，問題依然是如此——戴上面具的真正用意到底是什麼？

是不是因為我們不曾試著先脫離原本的身分，我們就永遠不會發現這件事，所以大魔王陛下想幫助我們看清真相呢？

我還有更多的疑惑沒有參透，可是電梯於此時抵達了我們的目標樓層。

這層樓住的都是正在險境中與死神拔河的病患，也就是加護病房專屬的樓層，氛圍比其他地方來得凝重，除了冷氣機發出來的輕微運轉聲，走廊上異常地安靜，就連我們走起路來，都不自覺地放輕腳步。

我們事先向小千的媽媽確認過病房號碼，不一會兒，就找到了小千的房間。

一群醫師和護士正在房間裡頭觀察著小千的情況。

「真是奇蹟啊！」一名年輕的醫師搔著短短的頭髮道：「這位病患昨天明明幾乎沒了生命跡象，沒想到睡了一個晚上，現在居然完全脫離險境了。」

「醫學史上總是會有很多不可思議的事發生，也許這位病患剛好特別幸運，或者是她的求生意志特別堅強。」另一名年紀比較老的醫生說：「不過還是要再繼續觀察她的狀況，確定完全無礙後才能轉房。」

「瞭解了。她復原得這麼快其實我也很高興，畢竟她這麼年輕，還有美好的未來在等著她啊！」

「病人的健康就是我們醫生最大的快樂，只要謹記這一點就好。好了，我們去下一間房間巡視吧！」

年輕醫師點了點頭，接著一群醫護人員便轉身離開。我和黃之綾急忙為他們讓出一條通道，不忘向他們點頭致意，感謝醫療團隊辛苦地救治小千。

醫師與護士們離開後，我和黃之綾走到小千的病床邊。

小千正閉著眼，還在沉眠中，她身上穿了淺青色的病服，手臂上吊掛著點滴，還有一些線管連結到床頭的監控機器。

我看了看機器上面顯示的數據，平緩安定，看樣子應該沒什麼大礙，我總算放下了心裡的一塊大石。

「小千？」

「唔……」

聽見我們的呼喚，小千慢慢地睜開了眼。

「姚子賢，小綾？」

「妳沒事吧？」黃之綾輕柔地握住小千的手，語氣之中包含著滿滿的憂慮，「有沒有覺得哪裡不舒服？」

「嗯……」小千似乎還有點迷迷糊糊的，打了一個大大的哈欠後才說：「沒有耶，我覺得身體狀況滿正常的，除了肚子有點餓以外。」

「是嗎？嗯……失禮囉！」

「哎呀，妳幹什麼啦？」小千頓時驚叫出聲，「啊哈、啊哈哈哈哈……住手，會癢，妳停，妳快停手啦哈哈哈哈……」

「嗯嗯，幸好，只有留下一點疤痕。不過沒關係，那裡大概只有妳未來的老公看得到。」

黃之綾把手從棉被底下抽出來道。

「說什麼老公啊真是的……妳這三八。」小千不滿地嘟起嘴，臉頰上卻染上一片紅暈。

「所以傷口已經復原了，只有留下一點疤痕而已嗎？真是謝天謝地。」我說。

「是呀，姚子賢，不信的話，你要不要自己來摸摸看？」

「真的可以嗎？」

我關切地走到小千的身旁。

「不要，不要！千萬不要！」小千慌忙地大叫，「滾、你滾開，姚子賢，你敢過來我就殺了你！」

「咦，為什麼？」

遭到這麼嚴厲的拒絕，我感覺很受傷，我只是想關心一下小千而已啊！

「是在排擠我嗎？」

黃之綾噗哧一笑，看起來相當幸災樂禍。

這個傢伙，居然以別人的不幸為樂。

「笨、笨蛋，不是這個原因啦！」小千紅著臉，視線瞟來瞟去，就是不肯好好看著我。

「好了，不要再拿姚子賢尋開心了，妳看他多可憐。」黃之綾用手指勉強拉平嘴角的上揚，「對了，我們都很好奇一件事，妳對自己怎麼復原的有印象嗎？」

小千搖了搖頭。

「那天發生的所有事，妳能說給我聽嗎？」

小千聽了，忽然轉過頭嚴肅地注視著我，我緊張地嚥了嚥口水。

過了幾秒鐘，小千以一種十分壓抑的語氣對我說：「姚子賢……其實你早就知道了吧？」

「嗯？」

「小實姐的身分……就是你們家最大的祕密嗎？」

我深吸了一口氣，無言地點了點頭。

「果然如此。」小千露出無奈的笑容，「那天，我被摩呼羅迦丟進巷子裡，可是我擔心你被抓走會有危險，還是掙扎地爬了起來……」

小千的話語輕飄飄的，彷彿連聲音都失去了重量。

「連我自己都不知道到底是怎麼撐過來的，現在我完全失去了那段記憶，當我回過神時，已經到了繁星騎警下榻的飯店。我想我會知道那裡，是因為電視上總是不停地播著繁星騎警的新聞吧！

「我上了電梯，直接衝往最頂樓的套房，卻差點在門前被警衛攔下，幸好繁星騎警察剛好出現，親自把我帶回房間裡。

「我強撐著最後一口氣，告訴她你被黑暗星雲的怪人抓去一純百貨公司當人質，黑暗星雲打算用這個陷阱騙她去送死。雖然知道繁星騎警可能因此身陷危險，但我還是盼望她能救你出來，因為除了她，我已經想不出別的方法了……」

「小千！小千！妳振作一點！」

「繁星……騎警……咳咳咳咳……拜託妳……妳一定要……救姚子賢出來，求求……妳，唔……雖然……」

「好了，不用擔心，我一定會去，妳不要再說話，救護車馬上就來了。真的！我一定會把他救出來的。」

「我……我聽到……他們說……妳不要去……陷阱……求求……」

「小千……」

「咳咳……保證？」

「我向妳保證，我一定會去。你們是我的弟弟妹妹，我不會讓你們受到任何傷害。不要管那些怪人說些什麼，我一定會救出姚子賢！」

「……弟……妹？」

「是的，你們是我的弟弟妹妹。小千，妳跟姚子賢，都是我最深愛的人。」

說完，繁星騎警就在我的眼前，脫下了她的面具。

聽完小千的故事，我和黃之綾都沉默不語，房間裡瀰漫著一股凝重的氣氛，靜得像是連一根針掉下來都能聽見。

坐在病床上的小千，和抱著胸口沉思的黃之綾，她們的視線不約而同地望向我。我知道我無法再逃避了，我一定要開口。

「是的，真相就是如此。」我努力地把聲音一個字一個字地擠出喉嚨，「這就是我們家隱藏的祕密。」

我忽然覺得，命運就像一條迅猛奔騰的河水，一旦朝向海洋奔流，就再也不能回頭。就好像面具揭下來後，即使再重新戴上，也不能恢復原先的時光。

一切都在改變。

姐姐結束與迦樓羅的戰鬥後，依然沒有回家，而我們苦心掩藏的事實，到最後也依然會被人們所發現。

那就讓它變吧！

我應該要做的並不是阻止，而是鼓起勇氣來面對。

我點了點頭，「小鎮的英雄，繁星騎警，就是妳們所認識的姚子實。」

我再也不會逃避了。

「她是我的姐姐，我的家人。」

——《姐姐是地球英雄，弟弟我是侵略者幹部03》完

甚音

四、注意事項：

★ 投稿者之作品須有完整版權，繁簡體實體書出版權及電子書版權。
★ 請勿一稿多投。
★ 投稿作品如有涉及抄襲、剽竊等情事．無條件立即終止合約並針對出版社損害於予追究。

## 【輕小說畫者募集中】

**三日月書版徵求各種不同風格的畫者，請踴躍提供參考作品及聯絡方式，審核通過後我們將與立即與您聯絡。**

### 一、投稿插圖檔案格式：

★ 投稿格式。

1. jpg檔案，解析度72dpi，圖片大小像素800X600。（請勿過大或者太小）
2. 來稿附件請至少具備五張彩稿及三張黑白稿或Q版圖片
3. 請投電子稿件，不收手繪原稿。
4. 請在電子郵件中以「附加檔案」的方式將作品寄送過來，切勿使用網址連結。
5. 投稿作品請使用不同構圖之作品，黑白部分請勿僅以同樣彩色構圖轉灰階投稿，來稿請以近期作品為佳，整體構圖需有完整背景與主題人物。

### 二、投稿信箱： mikazuki@gobooks.com.tw

★ 電子郵件標題：「繪圖投稿：(筆名)」。

★ 真實姓名、聯絡信箱、電話及畫者的個人基本資料，若無完整資料，恕不受理。

★ 收到投稿後，編輯會回覆一封小短信告知，如3天內未收到編輯的回覆，請再進行確認唷。

★

# 三日月書輕小徵稿

你喜歡輕小說，光看不過癮還想投筆振書嗎？
你自認是有才又多產的寫作高手，卻一年又一年錯過多到讓人眼花的新人大賞資訊，
找不到發揮的空間跟管道嗎?
沒關係，不用再捶胸頓足、含淚咬手巾地等到下一年

**三日月書版輕小說，常態性徵稿活動即日開始囉！**

## 【輕小說稿件募集中】

### 一、徵稿內容：

★ 以中文撰寫，符合輕小說定義之原創長篇輕小說。

★ 撰稿：題材與背景設定不拘，以冒險、奇幻、幻想、浪漫青春、懸疑推理等風格為主，文風以「輕鬆、有趣、創意」，避免過度「沉重、血腥、暴力、情色及悲劇走向」的描寫。主角請勿含BL相關設定，配角為耽美BL設定請視劇情需要盡量輕描淡寫帶過。

★ 字數限制：每單冊7萬字～7萬五千字(計算方式以Word工具統計字數為主，含標點符號不含空白為準。)
稿件已完成之長篇作品，請投稿至少前三冊，並附上800字左右劇情大綱及人物設定，以供參考。
未完成創作中稿件，投稿字數最少為14萬字，並附800字劇情大綱及人物簡介。

★ 投稿格式：僅收電子稿，不收列印之實體稿件。

★ 一律使用.doc(WORD格式)附加檔案方式以E-mail投遞。且不接受.txt、.rtf等格式稿件，與直接貼於信件內的投稿作品。請將檔案整理為一個word檔投稿，勿將章節分成數個檔案投稿。

### 二、來稿請附：

★ 真實姓名、聯絡信箱、電話及作者的個人基本資料、個人簡介、800字故事大綱、人物設定，以上皆請提供word檔，若無完整資料，恕不受理。

### 三、投稿信箱：**mikazuki@gobooks.com.tw**

★ 標題請注明投稿三日月書版輕小說、書名、作者名或作者筆名。

★ 收到投稿後，編輯會回覆一封小短信告知，如3天內未收到編輯的回覆，請再進行確認喲。

★ **審稿期為30個工作天**，若通過審稿，編輯部將以email回覆並洽談合作事宜。

高寶書版集團
gobooks.com.tw

**輕世代 FW117**
**姐姐是地球英雄，弟弟我是侵略者幹部03**

作　　者　甚　音
繪　　者　兔　姬
編　　輯　林紓平
校　　對　林思妤
美術編輯　陸聖欣
企　　劃　林佩蓉
排　　版　彭立瑋
出　　版　英屬維京群島商高寶國際有限公司臺灣分公司
　　　　　Global Group Holdings, Ltd.
地　　址　臺北市內湖區洲子街88號3樓
網　　址　gobooks.com.tw
電　　話　(02) 27992788
電　　郵　readers@gobooks.com.tw（讀者服務部）
　　　　　pr@gobooks.com.tw（公關諮詢部）
傳　　真　出版部　(02) 27990909　行銷部 (02) 27993088
郵政劃撥　19394552
戶　　名　英屬維京群島商高寶國際有限公司臺灣分公司
發　　行　希代多媒體書版股份有限公司/Printed in Taiwan
初版日期　2015年1月



國家圖書館出版品預行編目(CIP)資料

姐姐是地球英雄，弟弟我是侵略者幹部/ 甚音著. --
初版.
-- 臺北市：高寶國際, 2015.01-
面；　公分. --

ISBN 978-986-361-091-5(第3冊：平裝)

857.7　　103015672

三日月書版

三日月書版

GOBOOKS
& SITAK
GROUP ©

GOBOOKS
& SITAK
GROUP©